48, rue Vivienne
75002 Paris
www.editionstextuel.com
Directeur de collection
Laurent Balandras
Textes
Camille Meyer et Zazie
Graphisme
Caroline Keppy
Sandrine Roux
Coordination
Florence About
Correction
Christophe Gallier

Dans la collection [MUSIK] :
Juliette, mensonges
et autres confidences

Le Fonds d'Action Sacem a apporté son soutien à *Sauvage comme une image* de l'auteur compositeur interprète Zazie.
En accordant ses aides à tous les courants de la création musicale, sans distinction de genres, le Fonds d'Action Sacem conduit une politique de mécénat diversifiée. Il accompagne toutes les opérations qu'il parraine en tenant un rôle de conseiller auprès des porteurs de projets.
Il se donne pour objectifs :
- de favoriser la formation de nouveaux publics, jeunes et adultes, à la musique ;
- de promouvoir la musique de film et le métier de compositeur de cinéma ;
- de contribuer à la révélation de jeunes talents ;
- de soutenir la production audiovisuelle musicale ;
- de promouvoir les artistes et le répertoire français à l'étranger ;
- d'accorder son concours à la création.
Zazie méritait toute l'attention et l'aide du Fonds d'Action de la Société des Auteurs, Compositeurs et Éditeurs de Musique (Sacem). Son regard sur le monde est magnifiquement mis en scène dans ce bel ouvrage. Sa singularité et sa féminité caractérisent cette artiste unique. Zazie s'est imposée dans le paysage musical français, et, est devenue une figure essentielle de la chanson française.
Le Fonds d'Action Sacem, grâce à cet ouvrage, rend hommage à cette grande dame de la chanson française.

zazie

sauvage
comme
une image

textuel
MUSIK]

préface de

préface

Maxime Le Forestier

Elle est arrivée dans ma vie au début des années 1990. Tout de suite je l'ai reconnue. Il y avait un lien entre nous, mais lequel ? Frère et sœur ? Nos parents ne se connaissaient même pas, vivaient dans des régions différentes et nos mères sont des femmes sérieuses. Probabilité négligeable.

Amis d'enfance aurait eu une certaine allure. Nous aurions fréquenté le même cours de violon, à l'âge où les filles ont le tour de taille plus grand que le tour de poitrine, l'audition de fin d'année, les chaussettes blanches… Couleur ou noir et blanc, le film de l'événement ? Si les calendriers sont justes, elle venait au monde à l'époque de mes premières chansons, de mes premières cuites, de mes premières amours, ce n'est pas raisonnable.

Amants, nous n'avons jamais été. Nous ne manquons pourtant de charme ni l'un ni l'autre, mais nous aimons ailleurs et ça ne se commande pas. Avec nos caractères, nous aurions forcément rompu, donc souffert, pleuré, pesté, haï peut-être, et cette préface aurait été bien différente. Que son Fabien et ma Fabienne soient remerciés de nous avoir évité ça.

Cousins, peut-être, tout le monde est cousin. Nous aurions pu envisager un cousinage complice, quelques vannes habilement déguisées sur la tante Irma pendant un repas de famille, un fou rire mémorable à l'enterrement de cette vieille carne d'oncle Hector. Seulement, roturier comme je suis, nos arbres généalogiques n'auraient pu se croiser que dans les communs, et le commun n'est pas pour elle.

Collègues, c'est sûr, nous goualons dans les mêmes rues, fréquentons les mêmes micros, apprivoisons les mêmes angoisses, bref, nous faisons le même métier. Confrère, consœur, des mots à la con qui ne nous suffisent pas.

Je ne crois pas du tout à l'amitié entre garçons et filles. Il faudrait trouver un autre mot pour nous dire. Cherchons, il est peut-être déjà dans ce dictionnaire.

"– Dis, ~~monsieur~~ meussieu, c'est quoi une Bio ?
– Ben... c'est ~~comme qui dirait~~ un papier avec des mots écrits dessus ~~qui~~ forment de phrase et dont le sens global et commun est la personne dont auquel il s'agit –" ...

Bon – ~~Ok~~ – D'accord ....

3, 4 .... BIOZAZIE

Je naquis ~~un~~ soir de pleine lune, ~~sous un ciel étoilé dont~~, à 20h 02 minutes et 13 secondes dans la clinique ~~du "Beau~~ "l'heureux poupon", ~~qui~~ à Boulogne Billancourt, département des Hauts de Seine, à deux cent mètres de la Boulangerie et à ....

– Non, alors, là, Zazie, je t'explique, ça n'est pas la peine de rentrer dans le détail – une bio, ça doit être court ~~et~~

– Bon, d'accord –

alors ... moi : Zazie – ~~qui nom de famille : de Trucmuche de Varennes~~ – moi grande fille : 27 ans ~~moi avoir~~ et pleine de dents – pour croquer la vie – moi aimer musique, beaucoup et aussi caramels mous – préférer rentrer dans le lard et dire choses franchement que nager poisson dans eau de boudin.

– Alors, vois-tu, Zazie, c'est déjà mieux mais une bio, ~~ça ne veut~~ ce n'est pas ~~dire~~ une recette de cuisine ~~que tu parles de choucroute garnie pendant une heure~~ cuisine...

– Bon – d'accord

jeux de rôles

jeux de rôles

À l'affiche : Gigis le roi des animaux, Lapin yéyé, Noiraud la panthère, Lap Lapin, Marie-Antoinette la poupée borgne et la Sale Valérie. Les rôles sont tenus par Isabelle et son frère Philippe, d'un an et demi son aîné. Enfermés dans leur chambre des après-midi entiers avec leurs peluches, ils accèdent à des mondes extraordinaires. Ils en oublient tout, même de goûter « ça durait vraiment très, très longtemps, ça partait en *live* ; des histoires de cape et d'épée, mais aussi complètement fantasmagoriques. Même si les jeux étaient toujours très hiérarchisés : Gigis le roi des animaux, l'ours de mon frère, décidait toujours. Évidemment la Sale Valérie, qui jouait le rôle de la méchante, c'était mon nounours. »

fratrie

n.f. du latin, *frater* « frère », « Mon grand frère Philippe, un vrai don du ciel pour moi, nous avions une grande complicité. Je crois que nos jeux ont largement développé mon imaginaire. Aujourd'hui, sans être dans ce métier, il écrit et m'écrit de temps en temps des instrumentaux magnifiques. Il joue plein d'instruments et surtout de l'accordéon. » Philippe lui aussi se choisira un jour un autre nom, Phil Baron.

enfance

Idéal à atteindre. « J'essaie de retrouver ce rapport affectif qu'ont les enfants aux choses et aux événements. Ils n'ont pas de demi-mesures. J'aime assez leur façon d'appréhender le monde et le vocabulaire qui en découle. »

Je retourne à l'enfance
Que personne ne me réveille
1.2.3. soleil

Moi bébé, le château de mon grand-père, avec mon frère Philippe.

grenier

Salle au trésor ou comble de la peur. « Le grenier nous happait des heures, avec ses malles emplies de surprises ; vieille dînette en fonte, jeux de grenouille ou illustrations vieillottes. On y jouait notre petit théâtre imaginaire. Et dans les recoins sombres et inexplorés, on aimait à se faire peur. » Des peurs de petite fille qui se faufilent, des peurs que Zazie déjoue dans ses chansons. Un jour viendra où le Petit Chaperon rouge attendra le loup de pied ferme. « Franchement, on nous apprend la peur du loup, mais toutes les filles ont envie de le connaître. »

la vie de château

Le temps des vacances dans un vaste terrain de jeu. Tout est réuni à la Durandière pour alimenter les jeux de rôles des enfants ; des vieux habits qui prêtent aux déguisements, des jouets anciens à expérimenter, des vieux papiers qui font rêver, un parc pour se construire des cabanes et la nature à découvrir. Et puis surtout, « c'est un lieu de permissivité absolue où l'on peut vivre comme des sauvages ». Mais que l'on ne s'y trompe pas, pendant l'année, la vie s'écoule dans une HLM de Boulogne-Billancourt ; « les gens font trop facilement l'amalgame entre l'aristocratie et la richesse. Je n'ai pas reçu une éducation aristo, je suis demi-née comme on dit ».

la Durandière

Château sis sur la commune de Saint-Sorlin-en-Bugey, département de l'Ain, sur la rive droite du Rhône, au pied du dernier contrefort du Jura. Reconstruit une première fois parce qu'il a été foudroyé, le château de la Durandière, fief de la famille de Truchis de Varennes, l'a été à nouveau après les bombardements de la Première Guerre mondiale. Isabelle et Philippe y passent leurs vacances avec leur grand-père, « un gentleman-farmer, plus agriculteur qu'aristocrate ».

14

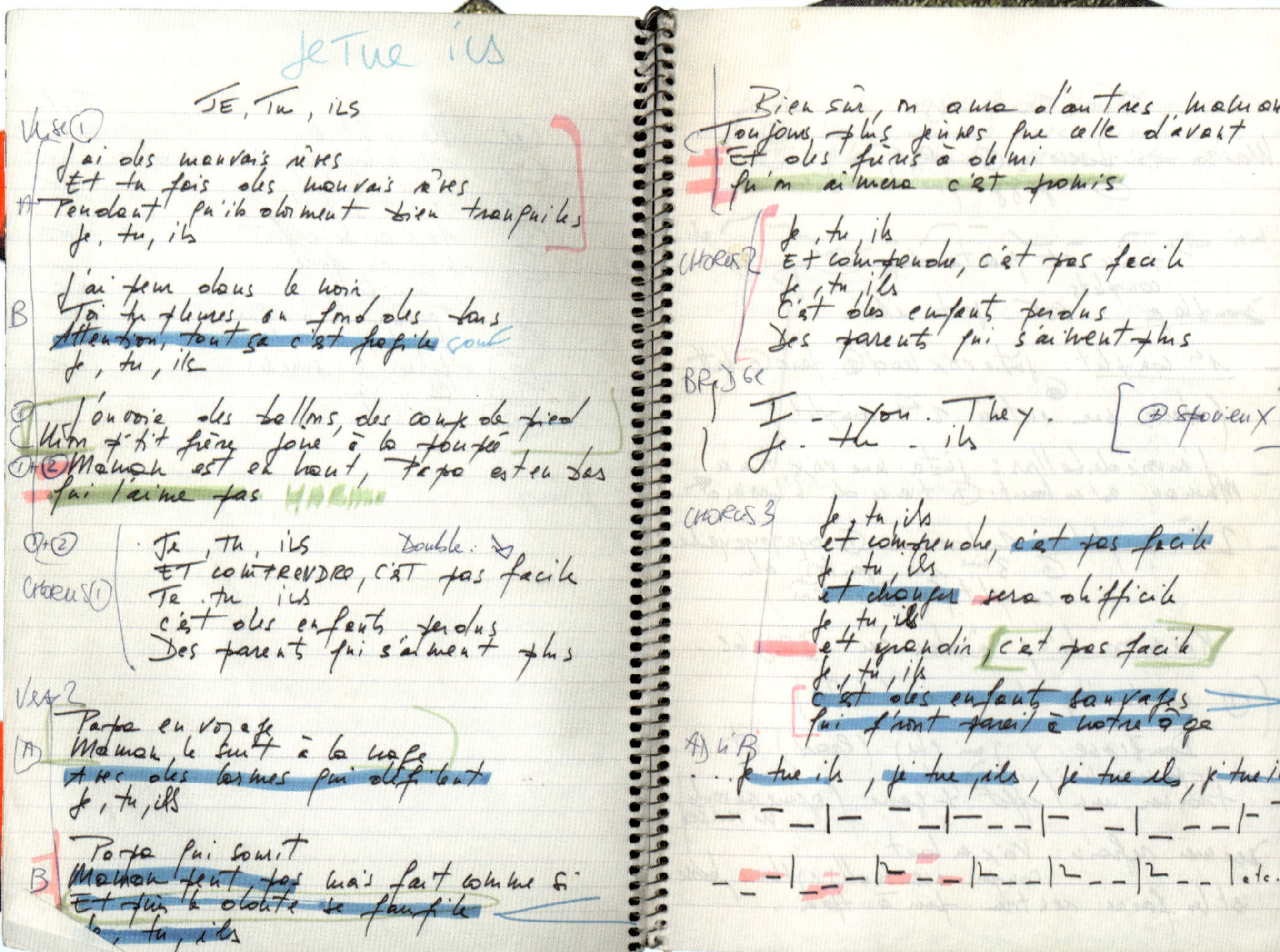

page de droite
Inédit *Une version surprenante de* « Je, tu, ils »

- je, tu, ils -

~~[illegible]~~ ~~Papa est parti en~~

~~Papa~~ Papa a fait ses bagages
mais nous on n'est pas du voyage
il nous prépare une autre maman
plus jeune que celle d'avant

Devant elle, il faudra sourire
Devant l'autre ne rien dire
et nous aurons ~~On aura même~~ des frères à demi
qu'on aimera, c'est promis.

Je, Tu, Ils
Et comprendre, c'est ~~[illegible]~~ pas facile
On n'est que des enfant
Perdus chez les grands

On s'est juré monts et merveilles
que pour nous ça ne serait jamais pareil
on s'disait toujours, c'est pour toujours,
qu'on s'aime, mais on s'quitte quand même

On joue le jeu, on fait comme si
Mais ça fait longtemps qu'il a compris
Et qu'il est devenu cet enfant sauvage
Bien trop mûr pour son âge

Je, Tu, Il
Et lui dire, c'est pas facile
Qu'on reste des enfants
même quand on est grand

Je, Tu, Ils
Et l'amour, c'est pas tranquille
On n'est que des enfants
Dans la peau de nos parents

---

1 Un p'tit peu amoureux	2 slows
Djambo	3 ~
Sucré salé	2 ups.
Les cowboys	
Laisse pleurer le clown	
Texas instrument	
Tout c'qui reste	

Toc Toc Toc

Depuis que le monde est monde
on nous le dit
s'il te fait les yeux doux
ma fille, tu t'enfuis
et s'il hurle dans ta cour
n'ouvres surtout pas
Toc Toc Toc mais qui est là
le loup qui te mangera

mais si la fille en a peur
la femme en rêve
dans la forêt nue
qu'un sauvage nous enlève
Nos corps s'abandonnent
au soleil qui se lève

Toc Toc Toc mais qui est là
le loup qui te mangera

En l'absence de nos princes
...
En supposant que les princes
existent encore
je laisserais bien ma porte
ouverte toute la nuit
Toc Toc Toc mais qui est là
le loup qui te mangera

J'en ai marre
des histoires à dormir debout
je veux goûter la morsure
d'un amour fou
pouvoir enfin pendre
mes jambes à son cou

Toc Toc Toc mais qui est là
le loup qui te mangera
Toc Toc Toc mais qui est là
je n'attendais plus que toi
Toc Toc Toc si tu es là
Entre donc et manges-moi

loup y es-tu
ou puis le temps
que je t'attends ?
que fais-tu ?

loup y es-tu
si tu savais
ce qui t'attend
que fais-tu ?

Inédit Dent pour dent, *chanson écrite pour le film* La Jeune fille et la mort *de Roman Polanski et non retenue.*

DENT POUR DENT

Une poule sur un mur comptait les points
et les poings cognaient si durs
du moins en vain
je ne dirai rien
coulent les coups jusqu'au sang
les fous se défoulent en attendant
que les poules aient des dents

CHORUS
je mettrai des années
avant de désarmer
ce sera Dent pour Dent
en attendant
j'vais tuer le temps

Une poule plaquée au mur
serrait les poings
retenir les larmes sous l'armure
qui coulent sans fin
je ne dirai rien
cassé le ♥ jusqu'à quand
les coqs se délassent en attendant
la poule serre les dents

~~puis~~ la poule ~~se~~ posera
puis la poule déposera
les armes aux yeux

une sauris verte qui courait les hommes
tombe sur le diable en personne
le rattrape par la queue
de la fleur de ces Messieurs
ces messieurs ne lui disent plus rien
une souris verte qui courait dans l'herbe

herbe folle

sauterelle

Insecte orthoptère sauteur vert ou gris à grandes pattes postérieures… Isabelle la sauterelle aime la chaleur et le soleil. On la rencontre dans les prairies les mois d'été, elle se promène aussi dans le potager de son grand-père pour partager quelques secrets. Le plus souvent turbulente, elle saute avec une grande vitalité et défie les garçons dans toute activité. « On me récupérait souvent en haut des arbres ou bien je copinais avec des bébés vipères… une enfant de tout repos. »

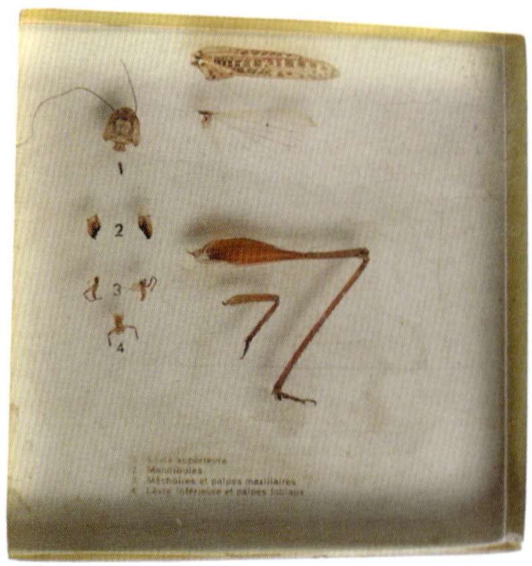

tomate

Plante herbacée annuelle cultivée pour ses fruits. Jaune, rouge, verte, cerise, italienne, pomme d'amour, cœur de bœuf, cocktail… Tellement craquante quand elle est toute craquelée. Zazie en croque nuit et jour et chaque jour de l'année crue, cuite, farcie ou confite… à la limite de la perfusion. « C'est beau et c'est tellement bon que cela devrait être remboursé par la Sécurité sociale ».

gouissance

Terme apparu à la fin du XXe siècle, issu du français goûter et jouir. Vocabulaire propre à Catherine Lara et à Zazie dont les synonymes pourraient être : déguster, savourer, expérimenter ou essayer. Cette faculté de goûter et d'en tirer du plaisir germe dès l'enfance. Se conjugue à l'infini : je gouis, tu gouis, il gouit… « L'enfance c'est surtout le moment des découvertes et des plaisirs instantanés. Le moment où l'on est entièrement dans l'action, l'époque où, sans le savoir, j'ai acquis mes premières notions d'épicurisme. »

vache

Femelle du taureau à en croire *Le Petit Robert*. Oh la vache ! Exclamation populaire. « J'avais quatre ans et j'étais sur mon petit vélo à quatre roues, quand je me suis retrouvée face à un véritable monstre. J'ai eu une peur bleue et j'ai couru, en pleurs, avertir mon grand-père. Il m'a promis d'aller s'occuper du monstre et je suis montée dans ma chambre me calmer. Mais au bout de trois heures, j'étais toujours là-haut apeurée, tout le monde avait oublié et personne n'était revenu me chercher. Tout ça pour une vache qui s'était échappée de son enclos et tranquillement introduit dans la Durandière. »

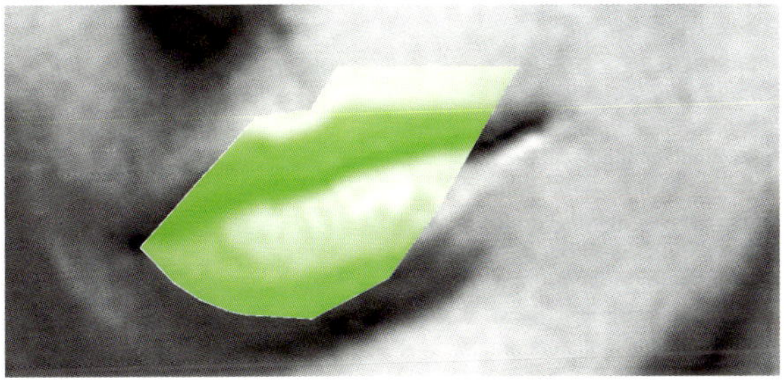

zizanie

Mauvaise herbe, ivraie, utilisée au figuré pour qualifier la discorde, le contraire de l'entente. Il y a bien de la zizanie dans une vie quand les parents ne s'aiment pas. « Les adultes parleraient de désordre ou de bordel, moi j'ai un côté d'irréductible gauloise accrochée à l'enfance et j'aime ce mot de chipie un zest capricieuse. » Et quand Zazie, mini-rebelle croisée farfadet, sème la zizanie, c'est avec malice et en gardant le sourire.

nasse Engin de pêche, panier oblong en osier, en filet ou en treillage métallique. Zazie et Philippe essaient de retenir bien des animaux dans leurs filets. Ils se livrent à l'observation naturaliste et sadique des insectes, tentent en vain d'élever des hérissons ou de sauver les oisillons tombés du nid. « J'apprenais même à pêcher, mais un jour, j'ai ramené un ragondin dans ma nasse au lieu d'un brochet. »

grrrmbbll

Onomatopée empruntée à Gaston Lagaffe, suggère la colère. Par extension, le zazois a créé le verbe Grmbler. 1) Mouvement de l'enfance. « Petite fille, j'étais du genre jamais d'accord, toujours en réaction. » 2) Moteur de l'âge adulte. « Je fonctionne à l'agacement et à la colère. Le plus grand agacement, c'est moi-même, c'est m'apercevoir que je me suis trompée, qu'on m'a trompée ou que je ne n'arrive pas à ce que je veux. »

Inédit « Fille-mère ou Gaston », *les titres varient selon les versions de ce texte resté au creux d'un cahier.*

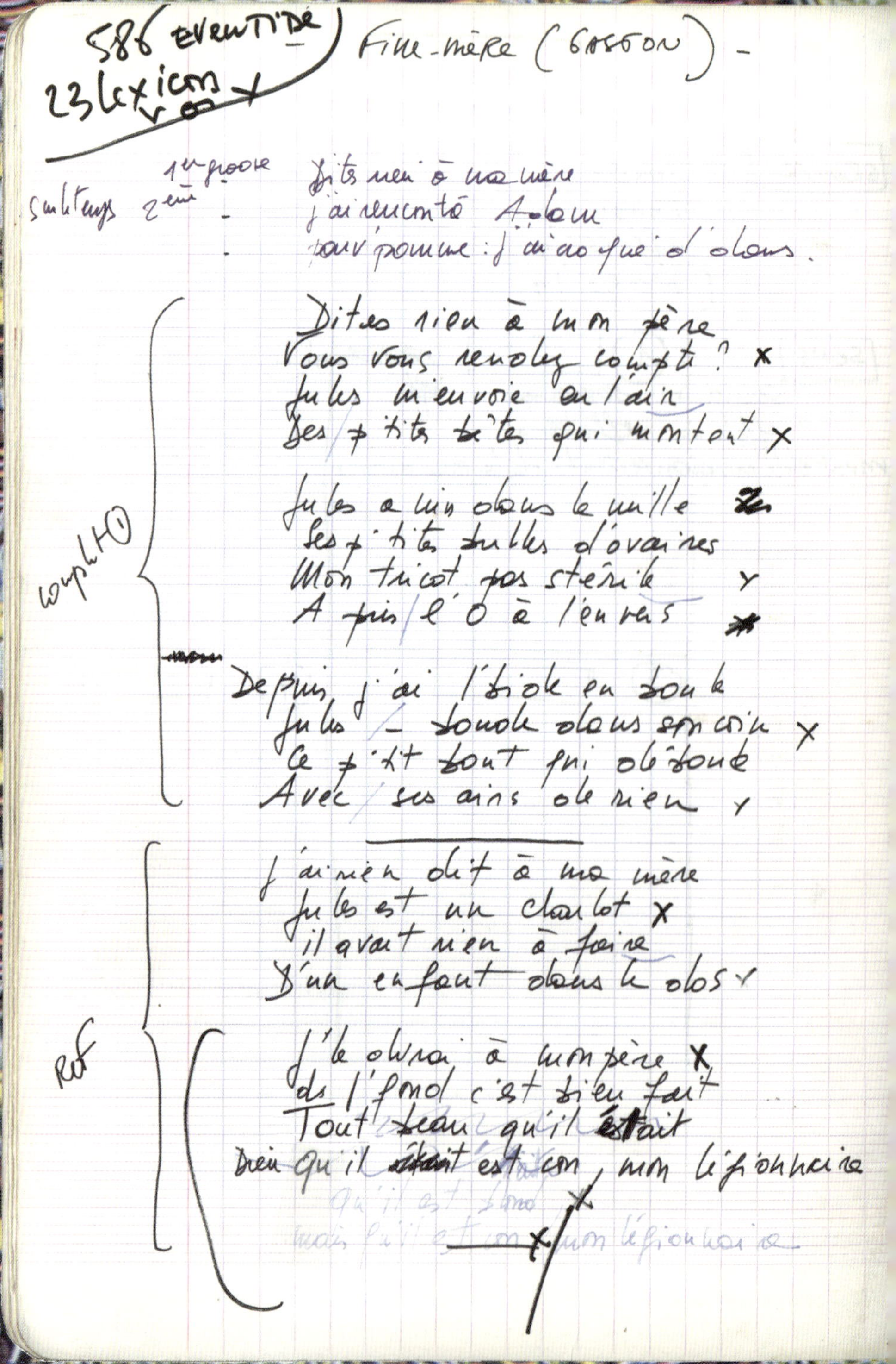

0 X

couplet 2

Tellement loin qu'il s'est tiré
~~Quelque part~~ dans les Dom-Tom
Y a que les connards largués
pour récolter les pommes

TH Q Et moi, j'suis là, cocotte
Avec mon baluchon
À raconter fleurette
À mon / belly-button (écho)

Refr (2)

X Je r'gardels les catalogues
X J'épluche les vendus en romans
Pour voir les coupes en vogue
Chez les petites femmes

Je suis là, pour' fille
À tenir la pause
X À guetter les chenilles
X Dans les choux et les roses

~~CH~~ CHORUS PSYCHIATRIQUE

couplet

Enfin ~~comme dirait~~ (A mon) mon vieux
Quand il veut une clope ~~[illegible]~~
~~dis~~ Un chic type ~~[illegible]~~ vaut mieux (vaut mieux) X
X Qu'un grand choc ↘T
Et ma mère d'ajouter Q
Entre deux sanglots longs

Refr. "T'avais qu'à ~~[illegible]~~ épouser
~~[illegible]~~ épouser GASTON" ↗

AD LIB ⇒ J'AVAIS QU'À ÉPOUSER — GASTONnn
~~[illegible]~~ —
ÇA C'ÉTAIT UN GENTIL — GARÇONnn
AVEC UNE TRÈS TRÈS BONNE SITUATIONnn

TAKE AWAY THE MASK

And if for once we spoke 'bout you
Since I was born in this world
it's you who's been making it turn
And talked to the stars
When I've gone too far
But what can one share with a planet
I know if you're still shining
in front of me, making such an effort
to dull the shocks, to kill the sharks
Though I know you come from the Dark
why can't we start
with you and me, switching the part
with you and me
just talking about you.

TAKE AWAY THE MASK
BEFORE ME
CARRY AWAY THE CLOWN
AND LET ME SEE
THE WATER UNDER THE ICE
IN FRONT OF ME
YOU CAN LET THE CLOWN CRY
AS TEARS GO BY

I will love you as before
And I will love you even more
I love weakness more than pride
What you show, less than what you hide
Why do we have to pretend
When it's love we've got to defend.

So how do we get to speak of you
it's true, for me it's easy
But the sun doesn't shine for everybody
And you are one of those desperate souls
Who's lost their faith in miracles
I know you're as solid as a well
But see what happens if the well is to fall
Each side may break away and make you fall

The smiles and the full moons you gave for free
I've kept them all inside of me
I've kept for you my ship a sail
My love more true than your fairy tale
So you will trust me
So you will tell me
So you will see how it could be.

Inédit *J'ai écrit cette version anglaise de « Tomber le masque », non exploitée.*

Les voyages immobiles

28

échappée Rêve, espace de pensée et choix de vie. C'est le début de l'adolescence, les rêveries succèdent aux jeux de rôles de l'enfance et Zazie continue de puiser dans son imaginaire. « Ouvrir les malles du château, c'était déjà se faire la malle. […] Si j'ai choisi cette vie, c'est aussi pour la petite fuite fantasmagorique, cette douce rêverie qui me permet de rêver ma vie et de la mener comme je veux. »

Soyons ZEN
Du sang froid dans les veines
Soyons Zen
plus de chocs à la chaîne
Zen restons Zen
Du calme à la vie comme à la scène
sans amour et sans haine

« Le cœur supplicié »,
Arthur Rimbaud.
« Fantômes parisiens »,
poème de Charles Baudelaire dédié à Victor Hugo. Au centre, la carte annotée par les amis et la famille de passage au château de mon grand-père. Page de droite, le passeport de mon père

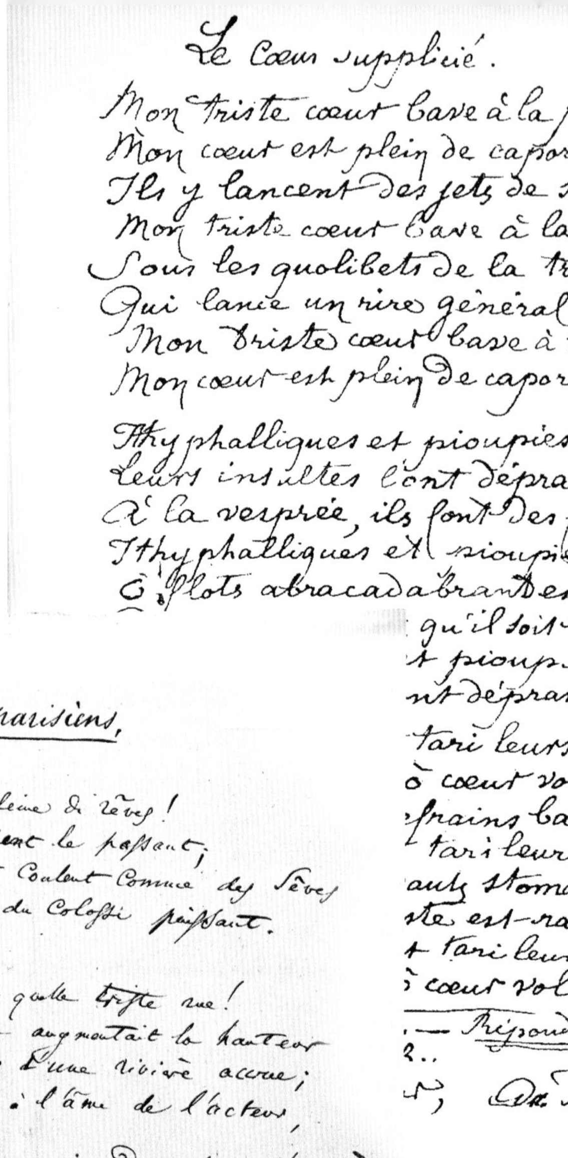

Le Cœur supplicié.

Mon triste cœur bave à la poupe....
Mon cœur est plein de capor
Ils y lancent des jets de s
Mon triste cœur bave à la
Sous les quolibets de la tr
Qui lance un rire général
Mon triste cœur bave à t
Mon cœur est plein de capor

Ithyphalliques et pioupies
Leurs insultes l'ont dépra
À la vesprée, ils font des f
Ithyphalliques et pioupie
Ô flots abracadabrantes
qu'il soit
t pioupi
nt dépra
tari leurs
ô cœur vo
frains ba
tari leur
auts stoma
ste est-ra
t tari leurs
ô cœur vol
— Réponds-moi : Ch
2..
t, A. Rimbaud

toutes les personnes passant dans
chambre sont priées de mettre leu
signature au bas de cette carte ;
elles devront la laisser dans cette
afin que la personne suivante
se signe à son tour.

Hervé
Bruno
Emmanuel
Made in France - Fabriqué en France
Gertrude
Elisabeth
Yvonne
Xavier
Annick !
Béatrix
Eliane
Isabelle

Est entré dans la Chambre ; mais n'a pas ouvert le tiroir.

Sept. 41.
Juin 1944
On ne doit signer pour autrui
Paul

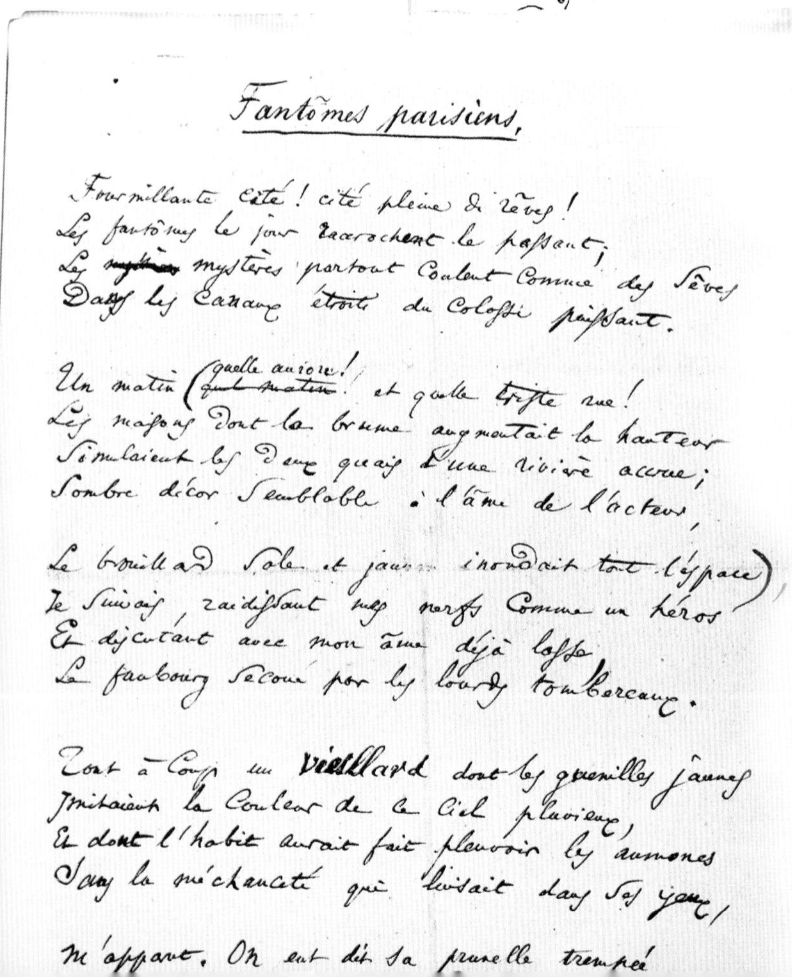

Fantômes parisiens.

Fourmillante cité ! cité pleine de rêves !
Les fantômes le jour raccrochent le passant ;
Les ~~myst~~ mystères partout coulent comme des sèves
Dans les canaux étroits du colosse puissant.

Un matin (quelle aurore ! ~~quel matin~~) et quelle triste rue !
Les maisons dont la brume augmentait la hauteur
Simulaient les deux quais d'une rivière accrue ;
Sombre décor semblable à l'âme de l'acteur,

Le brouillard sale et jaune inondait tout l'espace,
Je suivais, raidissant mes nerfs comme un héros
Et discutant avec mon âme déjà lasse
Le faubourg secoué par les lourds tombereaux.

Tout à coup un vieillard dont les guenilles jaunes
Imitaient la couleur de ce ciel pluvieux,
Et dont l'habit aurait fait pleuvoir les aumônes
Sans la méchanceté qui luisait dans ses yeux,

M'apparut. On eût dit sa prunelle trempée

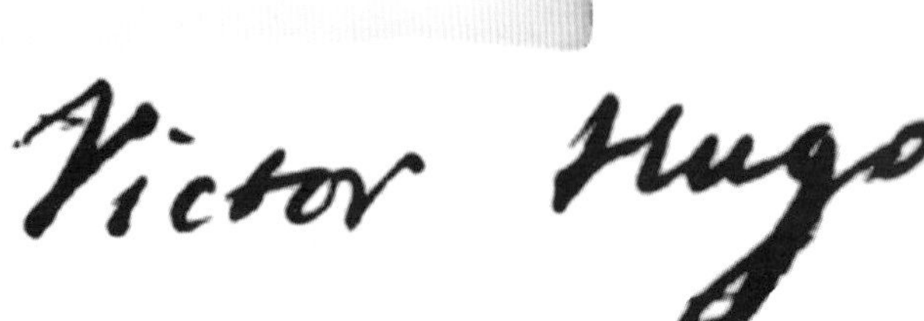

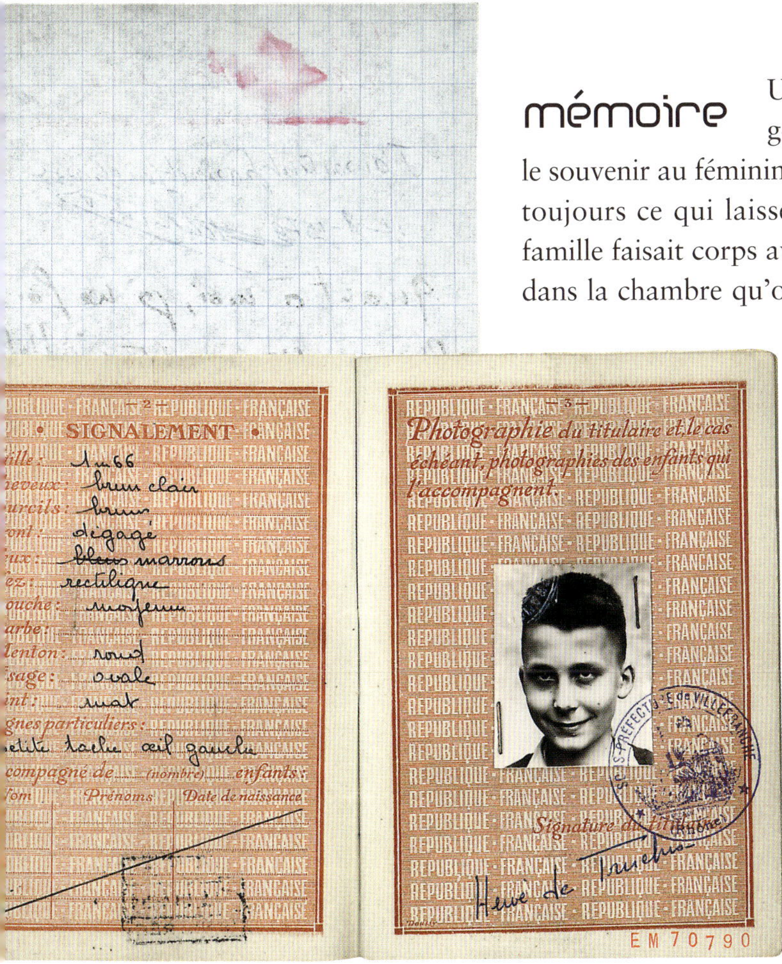

mémoire Un drôle de mot capable de changer de genre pour évoquer tantôt le souvenir au féminin, tantôt l'écrit au masculin, mais toujours ce qui laisse des traces. La mémoire de la famille faisait corps avec le château. « J'avais retrouvé dans la chambre qu'occupait mon père quand il était jeune, ses photos et sa carte d'identité. Et dans une autre chambre, il y avait une carte postale annotée par les gens de passage. Dès 1910, les gens avaient écrit et ce jusque dans les années 1950, avec encore quelques ajouts ensuite. »

intimité Ce qui est intérieur et secret. « Je suis émue par tout ce qui est manuscrit et qui permet d'entrer dans la vie des gens qu'on n'a pas connus. J'aime les livres qui remettent en avant l'écrit, la graphie. Les manuscrits sont une mémoire de l'intimité. » Devenue grande, Zazie écrira lisiblement sur de grands cahiers où la vie se mêle aux chansons.

livres Au pluriel et en or. Dans la grande bibliothèque du château de la Durandière, les livres sont reliés de cuir et dorés sur tranche. « Ils m'intriguaient et me fascinaient. L'un d'entre eux était même annoté par Victor Hugo. » La lecture prend rapidement place dans la vie de Zazie sur le mode du voyage immobile et de l'échappée imaginaire.

À droite
Zaziatic tour, *Angkor, 2000*

bibelots

Des petits cadeaux qui excitent l'imagination. Au même titre que les livres, quelques objets et autres souvenirs permettent à Zazie d'embarquer. « Les masques que rapportait mon père de ces périples africains me faisaient rêver et me sont toujours nécessaires. J'adorais aussi les bijoux vendus au poids qu'il ramenait d'Afghanistan, du toc qui faisait vieux, un peu d'argent, de la céramique, de la récup. Aujourd'hui ce qui me nourrit c'est davantage l'intérieur que l'extérieur. »

Des masques peuls, homme et femme, offerts par mon frère.

voyage

Déplacement réservé à l'adulte. Pendant longtemps, Zazie les fera au sol et voyagera par la seule force de la pensée. « C'est papa qui voyageait. Il participait en tant qu'architecte à des actions humanitaires au Brésil, en Afghanistan ou au Moyen-Orient. Rien que son passeport c'était un truc de dingue pour nous, qui n'avions jamais pris l'avion. »

fffff

Le S tel qu'il s'écrivait en vieux français. « Je le lisais plutôt comme un F et parmi les vieux beaux livres de la bibliothèque, beaucoup étaient des ouvrages de médecine avec quantité de maladies décrites et toujours le même pronostic "et la mort *f*'en*f*uit". » La mort en fuite, ou la mort à suivre, « à 10 ans j'ai eu une maladie sérieuse à la hanche, j'ai été opérée et je suis restée longtemps immobilisée. Quand on est un enfant, on aborde la mort avec une certaine insouciance. Elle fait partie de la vie. Avoir du respect pour la mort, c'est aussi avoir du respect pour la vie ».

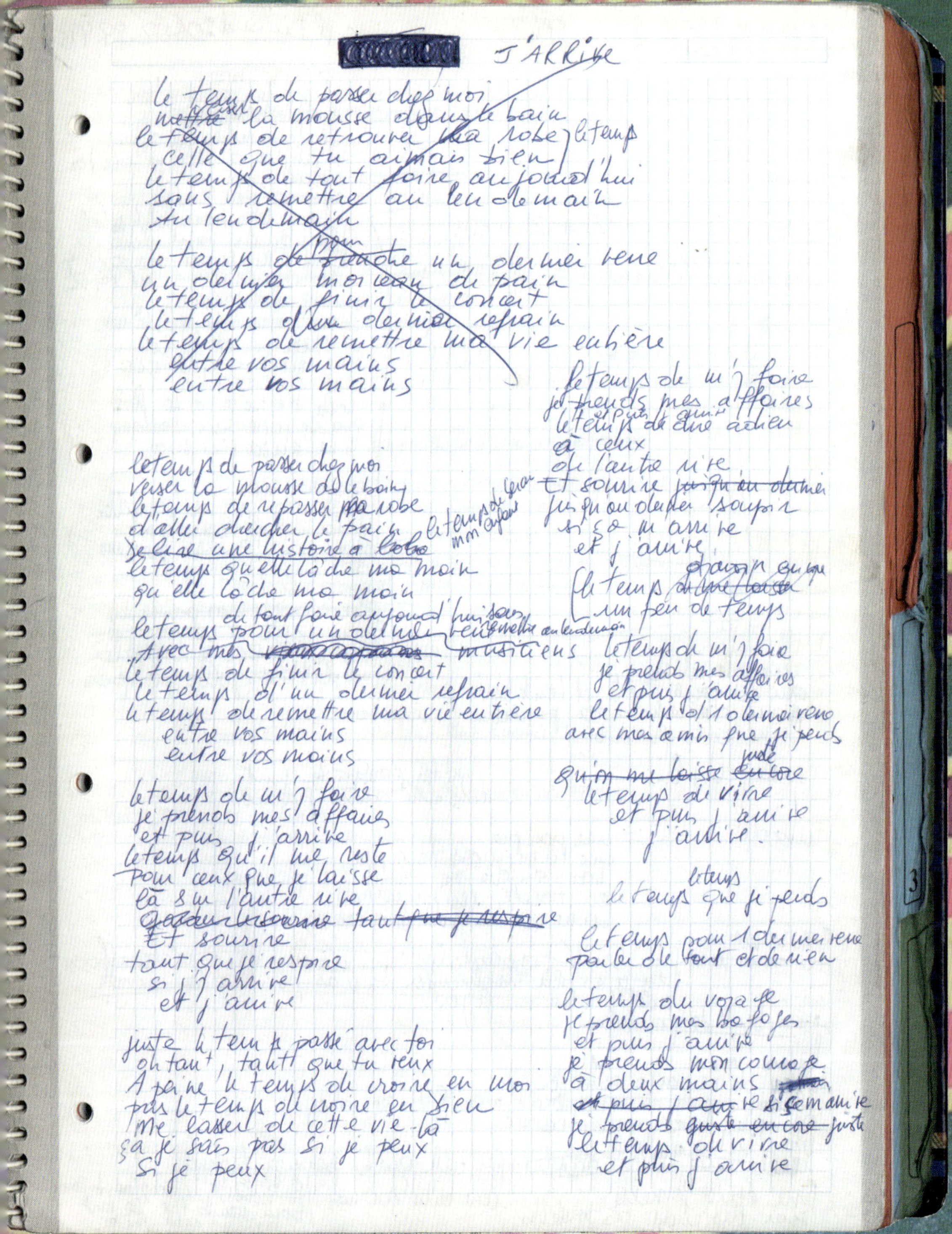

[redacted] J'ARRIVE

le temps de passer chez moi
verser la mousse dans le bain
le temps de retrouver ma robe
celle que tu aimais bien
le temps de tout faire aujourd'hui
sans remettre au lendemain
au lendemain
le temps de pour boire un dernier verre
un dernier morceau de pain
le temps de finir le concert
le temps d'un dernier refrain
le temps de remettre ma vie entière
entre vos mains
entre vos mains

le temps de passer chez moi
verser la mousse dans le bain
le temps de repasser ma robe
d'aller chercher le pain
le temps de mon enfance
le lire une histoire à Lolo
le temps qu'elle lâche ma main
qu'elle lâche ma main
le temps pour un dernier verre de tout faire aujourd'hui sans remettre au lendemain
avec mes musiciens
le temps de finir le concert
le temps d'un dernier refrain
le temps de remettre ma vie entière
entre vos mains
entre vos mains

le temps de m'y faire
je prends mes affaires
et puis j'arrive
le temps qu'il me reste
pour ceux que je laisse
là sur l'autre rive
tant que je respire
et sourire
tant que je respire
si j'y arrive
et j'arrive

juste le temps passé avec toi
oh tant, tant que tu veux
à peine le temps de croire en moi
pas le temps de croire en Dieu
me lasser de cette vie-là
ça je sais pas si je peux
si je peux

le temps de m'y faire
je prends mes affaires
et puis
le temps de dire adieu
à ceux
de l'autre rive
et sourire jusqu'au dernier
jusqu'au dernier soupir
si ça m'arrive
et j'arrive.
le temps de me laisse
un peu de temps

le temps de m'y faire
je prends mes affaires
et puis j'arrive
le temps d'1 dernier verre
avec mes amis que je perds
qui me laisse encore juste
le temps de vivre
et puis j'arrive
j'arrive.

le temps
le temps que je perds

le temps pour 1 dernier verre
parler de tout et de rien

le temps du voyage
je prends mes bagages
et puis j'arrive
je prends mon courage
à deux mains
et puis j'arrive si ça m'arrive
je prends juste encore juste
le temps de vivre
et puis j'arrive

« J'arrive », *brouillon et version définitive.*

J'ARRIVE

Le temps de passer chez moi
Verser la mousse dans le bain
Le temps de repasser ma robe
D'aller chercher le pain
Le temps de bercer mon enfant
Le temps qu'elle lâche ma main
qu'elle lâche ma main

Le temps pour un dernier verre
Parler de tout et de rien
Le temps de finir le concert
le temps du dernier refrain
Le temps de remettre ma vie entière
Entre vos mains
Entre vos mains

le temps de m'y faire
je prends mes affaires
et puis j'arrive
le temps qu'il me reste
pour ceux que je laisse
là sur l'autre rive
Et sourire
tant que je respire
si j'y arrive
et j'arrive

le temps du voyage
je prends mes bagages
et puis j'arrive
je prends mon courage
à deux mains
si ça m'arrive
je prends juste encore
le temps de vivre
et j'arrive
j'arrive

Juste le temps passé avec toi
autant, tant que tu veux
A peine le temps de croire en moi
pas le temps de croire en Dieu
et me lasser de cette vie-là
ça je sais pas si je peux
je sais pas si je peux

le temps de m'y faire
je prends mes affaires
et puis j'arrive
le temps de dire adieu
à ceux
de l'autre rive
et puis sourire
jusqu'au dernier soupir
si j'y arrive
et j'arrive

le temps de tout faire aujourd'hui
le temps que je perds

Inédit « D'l'amour »

D'L'AMOUR

J'ai mis dans ma tête
Des allures de fête
Pour montrer que j'ai pas peur ;
J'ai mis dans mon cœur
Des airs de rocker
Pour éviter les tempêtes.
Quand la lune est rousse
J'ai les griffes qui poussent
Dessous la camisole
J'ai des rêves qui volent
Des avions qui décollent
Vers le soleil...

Mais d'l'amour j'en ai pas
Personne autour de moi... !
De l'amour, y en a pas ;
(Quand) On vit chacun pour soi

Je r'garde dans la glace :
Le temps laisse des traces...
Je maquille mon ennui.
J'suis seule dans la vie
Alors, je passe mes nuits
Amoureuse sous la lune
(La lune) Y'a longtemps qu'j'la décroche
Que j'la mets dans ma poche
Pour te l'offrir un de ces jours
Le temps est bien trop court
J'ai pas fait de détour
Pour vivre sans amour

Mais d'l'amour, j'en ai pas !
Personne autour de moi...
Non, d'l'amour, y'en a pas
(Quand) on vit chacun pour soi.

Pont (
Les heures après les heures
Je guette le bruit de tes pas dans le noir
Mais l'amour est ailleurs.
Les enfants ont dû passer sous une croix
Les enfants ont dû passer sous une noire.

ad lib. (
Et l'amour ? j'en ai pas
Personne autour de moi...
Non d'l'amour j'en a pas
Quand on vit chacun pour soi
De l'amour j'en ai pas
plus personne autour de moi...
Non d'l'amour, y'en a pas
On reste chacun chez soi

~~Et l'amour j'en ai pas~~
~~De l'amour~~ j'en a pas, j'en a pas.
D'un amour, j'en veux pas.
De l'amour, j'en veux pas...
Personne autour de moi
Dis-moi pourquoi ? pourquoi ?

De l'amour j'en ai pas
Personne autour de moi
Non d'l'amour j'en ai pas
C'est chacun pour soi.

39

langue vivante

langage

Synonyme de musique. Mode d'expression familiale. « Mes parents m'ont appris tous les deux ce langage absolu de la musique, parlé par tous. Pour moi, c'est très naturel, ayant appris la musique comme première langue vivante. Ça me semble très proche de l'instinct. »

indicible

Qualifie l'indéfinissable, l'inexprimable, s'applique à la peine et à la joie. « La musique est une langue parfaite parce qu'on peut y dire l'indicible. Je me souviens à huit ans, d'avoir eu des émotions avec des musiques classiques, à en pleurer, sans du tout savoir si je pleurais sur mon sort ou sur l'émotion que ça me provoquait. Même quand le langage faisait défaut, même quand c'était la cacophonie à la maison, la musique transgressait tout. Au moins en jouant les notes, je n'avais pas à dire les mots. »

bases

Un apprentissage qui ne se discute pas : le violon de l'âge de trois-quatre ans à une dizaine d'années. « Jouer d'un instrument c'était tellement induit chez nous, comme de tenir une fourchette et de ne plus avoir de couches. Je ne me suis même pas posé la question. Mon frère faisait du violoncelle et ma mère du piano, cela me semblait évident, baignant dans le classique, de choisir le violon pour former un trio. J'étais à l'école Lowenguth où l'apprentissage du solfège vient très intelligemment après la pratique. Mais c'était une contrainte, le violon est très ingrat et je n'ai pas pris beaucoup de plaisir. Je sais aujourd'hui combien cela a été formateur pour la justesse et le sens de la mélodie, les bases du travail et de la discipline. Mais maintenant… je ne peux plus. »

guide-chant

Mi-homme, mi-machine. Le guide-chant est un instrument composé d'un petit clavier et d'une pompe à actionner pour envoyer de l'air et faire sortir des notes de musique. Un drôle d'objet qui tient de l'harmonium et qu'utilisait la mère de Zazie, professeur d'éducation musicale en élémentaire. « Elle faisait parfois écouter à ses classes le chant des baleines. Et elle venait avec ce drôle d'accompagnateur que j'appelais, dans les incertitudes de l'enfance, son Guy-de-chant. »

Les troubadours, les malandrins
Me suivent obligés quand je vais
Dans la salle de bains
les canaris et les serins
M'envoient ce doux bruit que je fais
le matin.

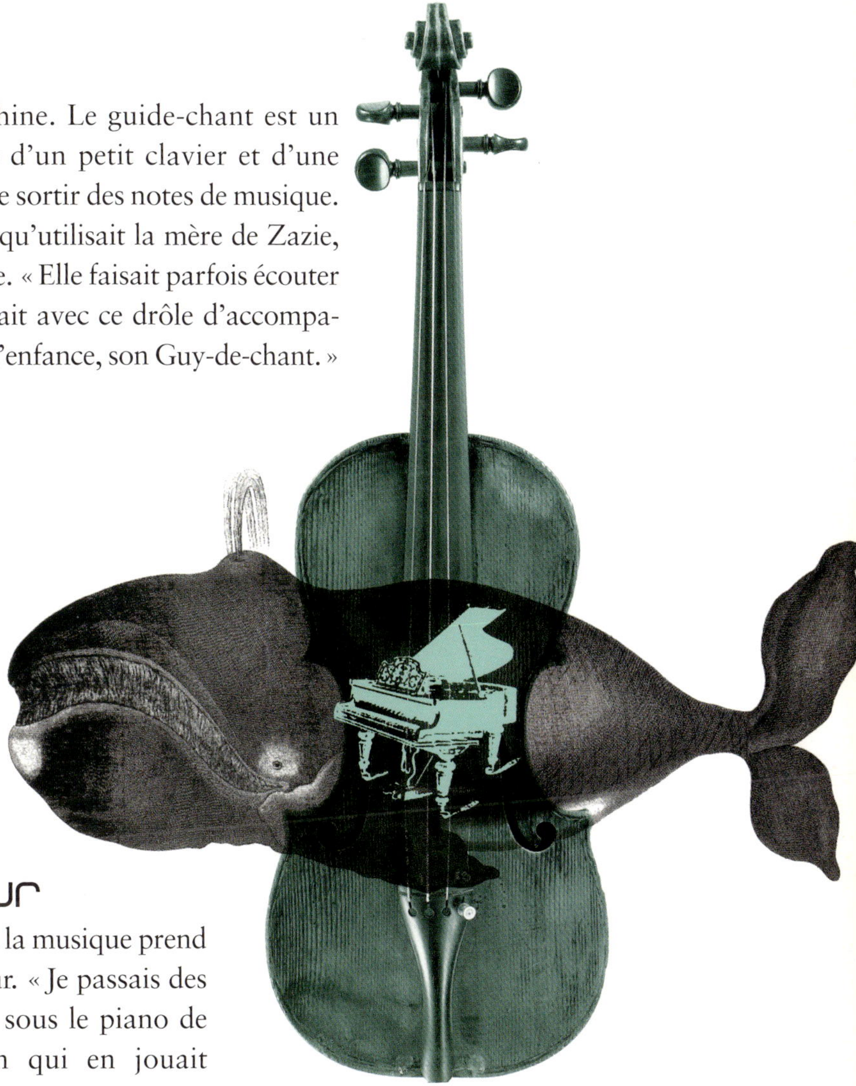

cœur

Quand la musique prend au cœur. « Je passais des heures sous le piano de maman qui en jouait beaucoup. Je me vois tourner les pages sur le lutrin. Elle était aussi répétitrice pour des concerts classiques. Elle travaillait avec Michel Corboz grand chef d'orchestre et fondateur de l'Ensemble vocal de Lausanne. Je lui dois mon premier souvenir de musique qui m'a vraiment touchée au cœur. Ma mère avait eu l'autorisation que je sois dans le chœur de la *Messe en si* qu'il dirigeait. Je ne chantais pas, j'étais trop petite. Mais déjà, l'émotion m'est venue sur scène et pas dans le public. »

Intruder

Révélation. Et brusquement, *Dark Side of the Moon* des Pink Floyd fait intrusion dans l'univers de Zazie, c'est le choc ! L'intrus suivant et bientôt bienvenu ce sera Peter Gabriel. « Depuis que mon grand frère m'a fait découvrir *Intruder*, je ne l'ai plus lâché ! Si j'ai commencé à écrire c'est pour devenir Peter Gabriel ou éventuellement pour l'épouser. » Et puis Zazie laissera glisser ses rêves sur les beats de la cold wave, avec Seventeen Seconds de Cure…

Les 3 B

L'ABC, d'une éducation musicale « à la maison, on écoutait Brassens, Brel et Barbara. Un peu plus tard, Boby Lapointe et Boris Vian. Mais je n'écoutais pas la radio, on avait donné la télé à l'institutrice et j'étais persuadée que Clo-Clo était une marque de lessive ». Les incursions anglo-saxonnes étaient plus rares « Hormis *Desire* de Bob Dylan que mon père a rapporté un soir et Donovan, ou encore Crosby, Stills, Nash & Young. »

RELICS
PINK
FLOYD

J'aime / J'aime PAS

J'aime pas la sonnerie du réveil
J'aime pas quand les jours sont pareils
J'aime les silences entre nous

J'aime pas les moustiques en été
J'aime pas te voir tout habillé
mais j'aime être en dessous

J'aime danser toute nue sous la pluie
J'aime assez quand tu aimes ça aussi
J'aime pas la guerre entre nous

J'aime pas quand le film est fini
J'aime pas tout ce que tu me dis
J'aime le faire n'importe où

et si tu n'aimes pas ce que j'aime
pour moi c'est du pareil au même
si je t'aime, après tout
le reste, je m'en fous

LOLA MAJEURE

Dors, ma rage, ma douleur
Dors, de moi je n'ai plus peur
j'ai goûté le bonheur
en lola majeure

Dors, et va-t-en voir ailleurs
A d'autres, raconter mes malheurs
tu n'es plus à la hauteur
de lola majeure

Dès lors, je peux bien te laisser
Dehors, puisqu'au fond j'ai trouvé
De l'or, tout à l'intérieur
en lola majeure

Dors, ma peine, ma douleur
Tu as perdu de ta couleur
la seule qui porte bonheur
c'est lola majeure

Dès lors, légère, je m'envole
mon âme ne touche plus le sol
et plane en apesanteur
sur lola majeure

Ô dors, mon ange, ma douceur
en toi, ce qu'il y a de meilleur
en nous, fait battre mon cœur
en lola majeure

tu fais battre mon cœur
en lola majeure

Pour passer le temps pendant l'enregistrement de l'album Made in Love, *petits dessins du martien de* Stop.
page de droite
Inédit « Bulle de savon »

BULLE DE SAVON

Graine de poussière
j'passais mon temps
entre déserts
et océans
j'frottais la terre
au fond d'la cour
j'trouvais l'amour
au fond des verres
et j'dessinais des moutons
sur l'écran noir de ma télévision
~~Et perdu~~ mon cœur ?
Quelque part ou ailleurs
porté disparu
au coin d'la rue

UNE BULLE DE SAVON
DANS UN BAIN MOUSSANT
JE FLOTTE ENTRE LES BONS
ET (PUIS) LES MÉCHANTS

♡: funambule
funambule
sur un fil
une bulle
une bulle
de savon
...

Fille de la ville
la tête en bas
j'suis née dans la
mauvaise file
millions d'personnes
même plus bonjour
pas (même) un demi homme
pour m'faire la cour
j'en ai planté des pépins
j'en ai perdu, des plumes sous le fond d'un
Et puis mon cœur
quelque part ou ailleurs
porté disparu
au coin d'la rue

UNE BULLE DE SAVON
~~DANS UN~~ JE PERDS MON TEMPS
~~ENTRE~~ COULÉE DANS LE BÉTON
ET DANS LE CIMENT

LEAD: éclat d'étoile
qui perd le nord
j'arrive encore
mais j'ai du mal
à voir la mer
au fond d'la cour
(et) trouver d'l'amour
au fond d'~~un~~ verre

il m'reste encore un peu d'air
un p'tit ~~soupir~~ sourire éphémère
tout au fond (d'un fond)

De quoi miauler sous la lune
~~la haut~~ perchée sur ma bulle de savon
de quoi miauler sous la lune
perchée sur ma bulle de savon

danse indienne

danse indienne

Le contraire de la danse classique et du violon. Plongé dans la danse indienne, le corps de Zazie prend vie et le Bharata Natyam se substitue bientôt à l'apprentissage du violon. « Ma mère pensait que je faisais trop de trucs de garçon comme le judo. J'ai essayé la danse classique que j'ai détestée. Puis, j'ai accompagné ma mère à un spectacle de danse indienne créé par Malavika et sa sœur Nita Klein, comédienne et conteuse. Je suis tombée dedans ! Cette découverte a été très importante, j'y allais tout le temps. J'avais environ huit ans et j'ai pratiqué cinq ans. Cela s'est terminé en petit spectacle à l'Institut de Théosophie (!) »

Bharata natyam

Un horizon nouveau, synonyme de plaisir. Après avoir longtemps été un art strictement rituel, exclusivement pratiqué par des danseuses dédiées au dieu, le *Bharata Natyam* a disparu des temples et accédé à la scène. Chaque mouvement du corps, chaque geste des mains revêt une signification symbolique. Ce qui apparaît si fluide, gracieux et aisé, exige un entraînement prolongé, souplesse et sens du rythme.

sacré

Une sacrée bande de dieux. La danse est un acte de dévotion et d'offrande, qui ravit les dieux. Tout dans la danse de l'Inde est signification, enseignement profond, conjointement au plaisir esthétique et à la joie qu'elle procure. Et aux yeux de Zazie « les histoires de dieux indiens, si nombreux, aux pouvoirs mystérieux, c'était bien plus drôle que les nôtres. C'était mon premier voyage, virtuel, qui véhiculait un tas d'images, des dieux au sari, en passant par les Maharadjahs ».

À douze ans, lors du spectacle de Bharata Natyam *à l'Institut de Théosophie.*

les nombrils en cadence
pour toi je danse
De l'amour on balance
la danse du ventre
je recule et j'avance
au pire je pense
Aux pires violences
La danse du ventre

*Shiva Natâraja,
dieu de la danse.
Mes débuts de danseuse
en sari.*

érotisme

Écho des sens. « Même si je ne savais pas encore bien pourquoi, j'avais un ressenti très voluptueux et sensuel dans ce jeu du corps, les poses qu'on nous faisait prendre. Ce fut vraiment pour moi la découverte de la féminité. Et quand on voit les statuettes indiennes aux seins lourds, à la sexualité affirmée, on comprend… » Si dans le christianisme Dieu est amour, en Inde Dieu fait l'amour.

sari

Mot hindi. Kilomètre d'étoffe drapée et colorée qui transcende les apprenties danseuses. « Mon tutu à moi, entre la panoplie de gamine, de Belle au bois dormant version indienne, et une découverte aiguë de la féminité. Un moyen d'arrondir les angles. »

Inde

« Un pays dense en tout, qui souffle le chaud et le froid en permanence. On y trouve un mélange de grande misère, de réalisme très cru et de grande spiritualité. J'avais un rendez-vous secret avec ce pays. J'y suis allée pour travailler, ça a été ma façon de contourner le choc et d'accepter le départ pour ce voyage initiatique. Au-delà d'avoir le cœur au bord des yeux en permanence, on y trouve une grande force. Dans la survie, il y a une vraie leçon de vie. »

malavika

Figure maternelle et sensuelle. Disciple de Shri Ellapa Mudaliar, Malavika, « mon professeur », a grandement contribué à la redécouverte du *Bharata Natyam* en France et « à la découverte pour moi de la sensualité, du thé et de l'encens ». « Je la trouvais très, très belle et elle sentait bon. J'étais très émue quand je l'ai revue, près de trente ans après la première rencontre, avant de partir en Inde. On peut dire que la passion et la danse préservent la jeunesse… »

chaï

Ou masala. Boisson tonique à base de thé earl grey ou de darjeeling, de lait, et d'épices ; cardamome, canelle, clou de girofle. Le mélange sucré, bout un quart d'heure avant d'être filtré. « Malavika nous en donnait pour nous hydrater et nous stimuler, c'est fort pour un enfant. En Inde c'est un moyen de boire de l'eau assurément bouillie. »

anklets

Ça brille, ça tinte ou ceint délicatement la cheville. C'est le seul bijou auquel Zazie soit attachée. « Le pied nu c'est une région très sensuelle, et le bracelet de cheville, une belle façon de le dévoiler. »

elle a du mal à respirer
faut la mettre ouvert

elle Terre à force de fumer
pourrait mal tourner

ZAZIE

Z.E.N.

ZAZIE

Z
E
N

je lève mon verre à ta santé

et nos indiens ne sont plus des
poules mouillées

qui n'ont pas su voir le danger
dans les signaux de fumée

LE L'AMAZONE

et la Terre avale la fumée
de travers et à tort

et la Terre avale la fumée
de travers

et nos indiens
nos indiens n'ont vu le danger
dans les signaux

elle Terre avale la fumée
de travers
elle a du mal à respirer
faut la mettre ouvert
et nos indiens se sont plantés
à travers
ils n'ont pas su voir le danger
dans les signaux de fumée

j'ai vidé ma bouteille
à la mer

et la fumée

à travers et à tort

et l'arrêt

vole la fumée

et

j'avale de la Terre de travers

je vole

j'avale la fumée

tous les signaux de fumée

la Terre me disait

Faut qu'on danse
~~[illegible]~~

Encore un soir d'overdose
ma tête contre ta porte close
je ne vois plus grand-chose
plantée là dans les choux et les roses

Encore un de ces amours sans teint
Dont je connais déjà la fin
une éclipse, un ~~mot~~ de trop
et toutes nos Venises tombent à l'eau

le linge est sale
tout c'qu'on s'dira nous f'ra mal

tant pis pour nous
faut qu'on danse
pour toutes les poupées made in France
qui sauront jamais ce qu'on pense
sous nos airs de clowns en vacances

Encore un soir où j'ai l'trac
j'aime pas voir chez moi le venin qui craque
j'pose mon nez rouge sur la piste
j'te laisse à l'entrée des artistes

et mes larmes sous l'armure
couleront au fur et à mesure

mais tant pis
tant pis
faut qu'on danse
pour toutes les poupées made in France
qui volent en fumée dans tous les sens
sans jamais se douter de c'que l'on pense
sous nos airs de clowns en vacances

~~faut qu'on danse~~

~~faut qu'on danse~~
~~faut qu'on se [illegible] et qu'on balance~~
~~nos coeurs en fumée dans tous les sens~~
faut qu'on danse
faut qu'on oublie, qu'on s'balance
de l'amour envolé dans tous les sens
sans jamais douter de notre chance
faut qu'on danse, qu'on danse
pour les poupées made in France
qui sauront jamais c'que l'on pense
sous nos airs de clowns vacances
en ~~vacances~~

on danse

sous nos airs de clown en vacances
tant pis pour nos coeurs en instance

Inédit
« Faut qu'on danse »

MARCHE

MARCHE SUR LES MAINS ←

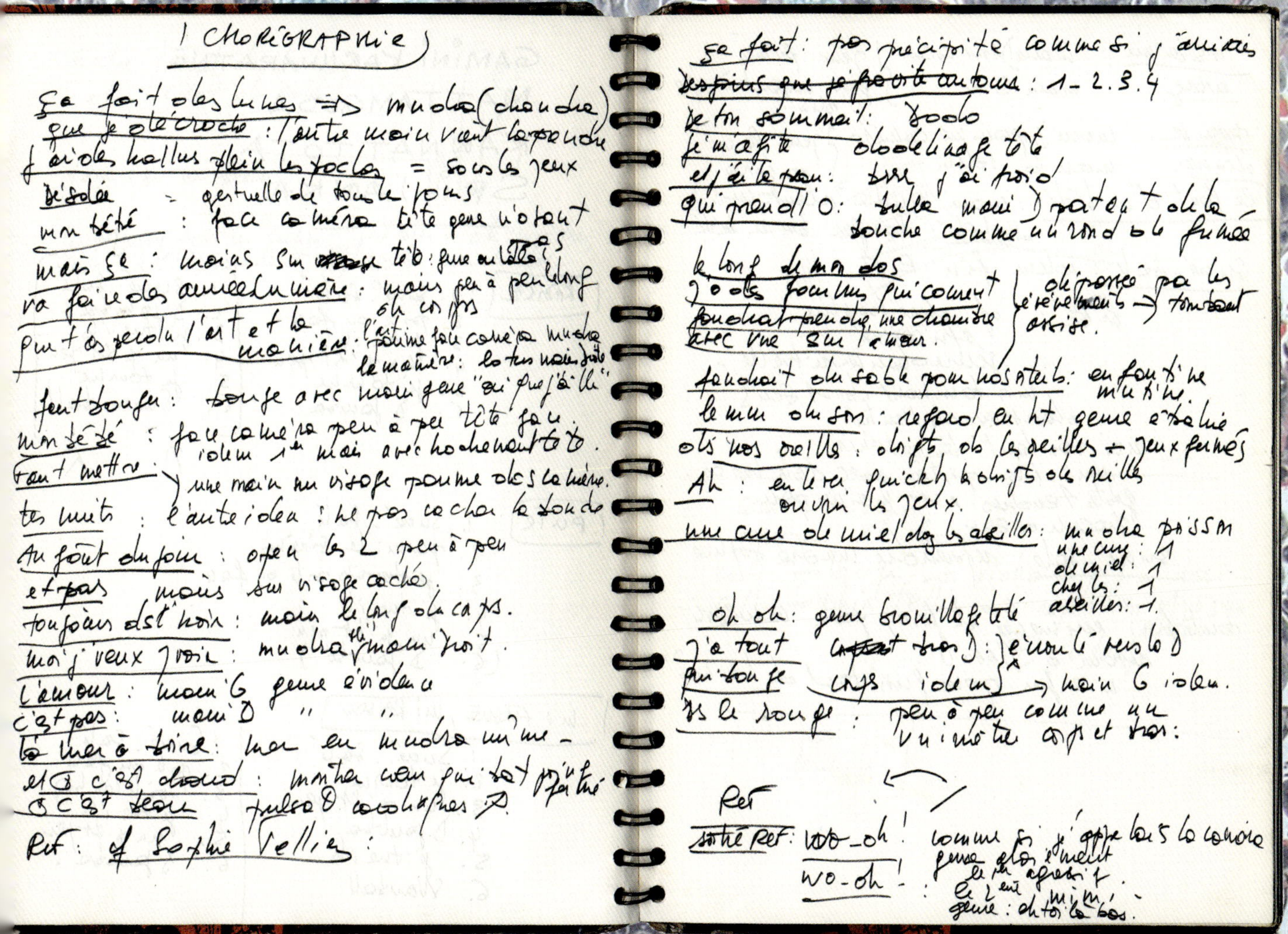

À droite, j'imagine une chorégraphie pour les prestations télé de « Sucré-salé ». À gauche, je me rêve dans un clip la tête en bas dans la roue d'un moulin.

jeter l'encre

adolescence

Âge du paradoxe. Sous des allures de garçon manqué dissipé, Zazie cache ses tourments et fourbit ses armes. « J'étais déconnectée des filles de mon âge, je n'avais pas de seins, je ne mettais pas de bijoux. Je crapotais toute de violet vêtue et j'enviais les filles qui parlaient de soutien-gorge. »

lettres

L'adolescente tombe en littérature comme on tombe en pâmoison « Ça commence par Vian. En troisième, on a une prof géniale qui nous demande de finir nos dissertations dans le style de Vian. Puis arrivent Rimbaud et Baudelaire. Je tombe dans *Les Fleurs du mal* tandis que je m'ennuie mortellement en seconde au lycée Molière. Je commence alors à écrire, c'est l'amour de la littérature qui m'amène à l'écriture. »

zébulon

Tenue de camouflage. N'a rien à voir avec le zébu qu'on trouve en Inde, mais tout avec le magicien moustachu à tête rouge et au corps en forme de ressort, qui bondit partout. « Je m'identifiais à Zébulon du *Manège enchanté* : en classe, quand il fallait aller chercher quelque chose, j'étais toujours désignée. Je passais par la cour de récréation faire 3 galipettes et 4 sauts et arrivais haletante. Je ne tenais pas en place. » Et sous l'hyperactivité pointe déjà le stylo « Quand j'étais trop turbulente, mes parents me disaient : tu n'as qu'à écrire un poème. »

héros Inspiration épique et sombre. « Mon premier amoureux c'était Zorro, puis Corto Maltese. Pendant l'adolescence, j'étais amoureuse de Jack Nicholson et je noircissais de son nom de nombreuses pages de mon cahier. » Idolâtrie et écriture ne s'arrêtent pas là « il y avait deux photos sur mon mur : Peter Gabriel et Serge Gainsbourg. À chaque fois que j'avais terminé une chanson, je leur demandais : ça vous plaît les gars ? »

maux Zazie met des mots sur ses maux et règle ses comptes. « Au début mon écriture était très autiste, j'écrivais ce que je ne pouvais pas dire aux autres. J'étais tellement dans l'indicible par rapport à ma famille. Depuis toujours, quand je vais mal personne ne le sait, par pudeur. Mais je me livre dans certains textes qui évoquent le mal-être ou la jalousie. Et si le bonheur est moteur dans ma vie, il n'est pas source d'inspiration dans ma démarche artistique. »

Mon cahier d'adolescente éprise.

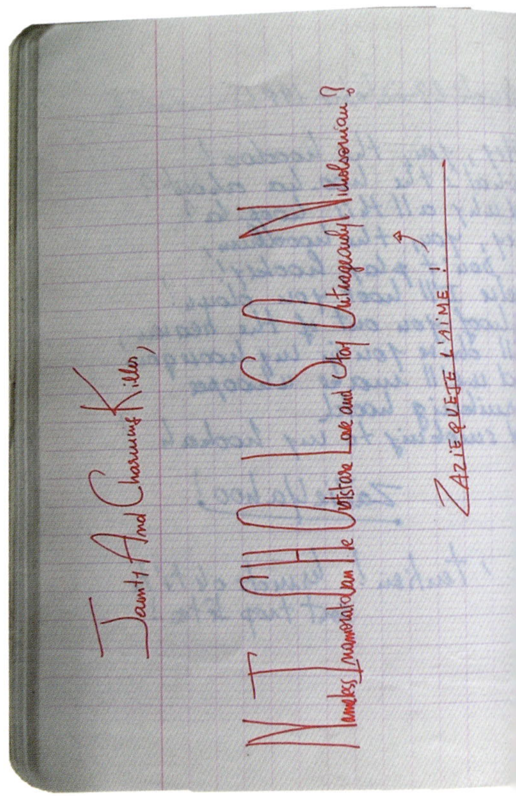

EASY RID

jeux de mots

La facilité d'une fille compliquée et sa marque de fabrique. « J'essaie de ne garder que ceux qui sont indispensables au sens. Pour une fille comme moi, le travail consiste à devenir simple et à appeler un chat un chat et non pas un bouquet de poils. » Les précédents ne sont pas des moindres « Chez Queneau, l'exercice de style me plaît encore plus que le fond. Je n'ai pas son style, mais j'ai une forme d'esprit très semblable. Et même si au début mes textes étaient compliqués, ils me dévoilaient tout autant, y compris dans ce que je cachais par timidité. Maintenant, j'ai un peu déplacé le centre de gravité pour aller à l'essentiel. »

nocturne

Frénésie de la plume et musique intime. « J'écris depuis toujours quand les autres dorment avec le sentiment de vivre quelque chose d'extraordinaire. C'est un peu déséquilibrant, cet état proche de la folie. Je recherche ça pour créer en étant authentique, honnête, éveillée quand les autres ne le sont pas. Je traque la face obscure chez les autres et chez moi, la faille m'intéresse. »

caverne

Cavité glissante que Zazie arpente avec casque et frontale. « Je passe beaucoup de temps en spéléologie intérieure. Quand j'écris, c'est comme si j'avais rendez-vous chez le psy. Écrire ce n'est pas résoudre, c'est essayer d'avoir une vigilance sur une partie de soi qui pourrait être complaisante. Mais je n'ai pas tous les jours envie d'être honnête avec le fond de moi-même. Trouver le mot juste en permanence, faire le constat d'échec, je ne suis pas programmée pour ça. »

C'est trop petit un corps pour c'que j'ai à l'intérieur

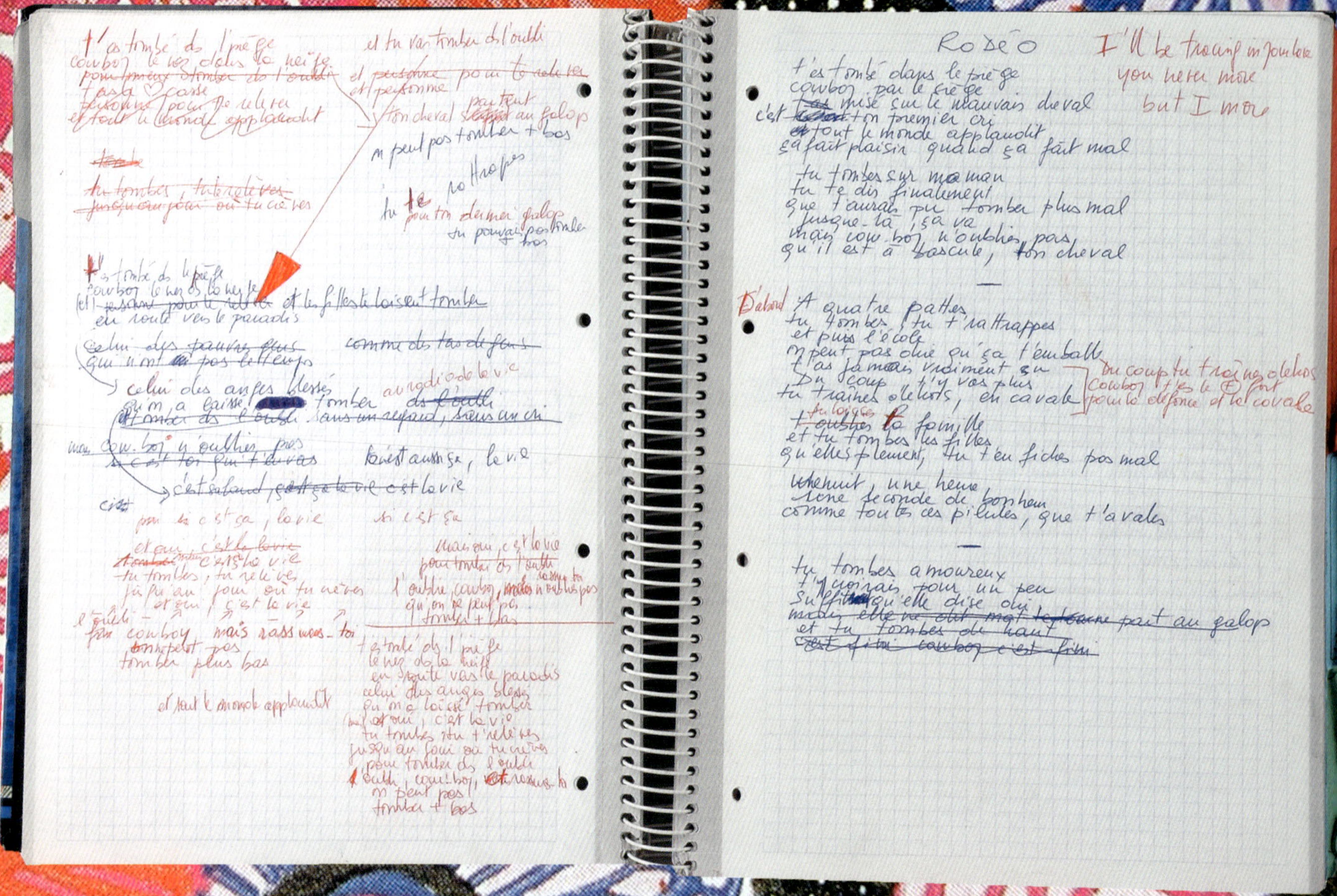

« Rodéo ». *Brouillon et version définitive.*

RODÉO

t'es tombé dans l'piège
Cowboy, par le siège
t'as misé sur le mauvais cheval
C'est ton premier cri
Et tout le monde applaudit
ça fait plaisir, mais ça fait mal

Tu tombes sur maman
tu te dis finalement
que t'aurais pu tomber plus mal
Jusque-là, ça va
Mais, cowboy, n'oublies pas
Qu'il est à bascule, ton cheval

c'est du Rodéo
C'EST LA VIE
PAS LE PARADIS
RODÉO
C'EST LA VIE
PAS LE PARADIS

D'abord à quatre pattes
Tu tombes, tu t'rattrapes
Et puis l'école, on peut pas dire qu'ça t'emballe
Du coup, tu traînes dehors
Cowboy, t'es le plus fort
Pour la défonce, et la cavale

Tu laisses ta famille
Et tu tombes les filles
Qu'elles pleurent, tu t'en fiches pas mal
Une nuit, une heure
une seconde de bonheur
Comme toutes ces pilules que t'avales

comme au RODÉO
C'EST LA VIE
PAS LE PARADIS

t'es tombé dans l'piège
le nez dans la neige
En route vers le paradis
Tu parles d'un héros
Fauché en plein galop
Et dire que tout le monde applaudit

Tu tombes, tu te relèves
Jusqu'au jour où tu crèves
Tout ça pour tomber dans l'oubli
c'est fini, cowboy, fini, mais rassures-toi
on peut pas tomber plus bas

RODÉO

Sur toi

J'écris sur ce que j'endure
Les petits morts, sur les blessures
J'écris ma peine
Mon manque d'amour
J'écris du coeur
Mais c'est toujours

Sur ce que je n'ai pas pu dire
Pas pu vivre, pas su retenir
J'écris en vers
Et contre tous
C'est toujours l'enfer
Qui me pousse

A jeter l'encre sur le papier
La faute sur ceux qui m'ont laissé
Ecrire, c'est toujours reculer
L'instant où tout s'est écroulé

On n'écrit pas
Sur ce qu'on aime
Sur ce qui ne pose pas
Problème
Voilà pourquoi
Je n'écris pas
Sur toi
Rassure-toi

J'écris sur ce qui me blesse
La liste des forces qu'il me reste
Mes kilomètres de vie manqué
De mal en prose, de vers brisés

J'écris comme on miaule sous la lune
Dans la nuit je trempe ma plume
J'écris l'abcès
J'écris l'absent
J'écris la pluie
Pas le beau temps

J'écris ce qui ne se dit pas
Sur les murs, j'écris sur les toits
Ecrire, c'est toujours revenir
A ceux qui nous ont fait partir

On n'écrit pas qu'on manque de rien
Qu'on est heureux, que tout va bien
Voilà pourquoi
Je n'écris pas
Sur toi,
Rassure-toi

J'écris quand j'ai mal aux autres
Quand ma peine ressemble à la vôtre
Quand le monde me fait le gros dos
Je lui fais porter le chapeau

J'écris le blues indélébile
Ça me paraît moins difficile
De dire à tous plutôt qu'à un
Et d'avoir le mot de la fin

Il faut qu'elle soit partie déjà
Pour écrire Ne me quitte pas
Qu'ils ne vivent plus sous le même toit
Pour qu'il vienne lui dire qu'il s'en va

On n'écrit pas la chance qu'on a
Pas de chanson d'amour quand on en a
Voilà pourquoi, mon amour,
Je n'écris rien
Sur toi
Rassure-toi

à droite
« James Bond et moi », *en marge de l'album* Rodéo.

JAMES BOND ET MOI

je suis là pour personne
j'ai jeté la clé
coupé le téléphone
j'ai mis la télé
et puis je m'abandonne
je choisis ma chaîne
et plonge dans le canal

j'oublie pour quelques heures
la réalité
je m'arrache et fends le cœur
de mon chevalier
je suis la Goldfinger
d'un monde inventé

je suis l'espionne
je suis la proie
rien ni personne
ne m'atteindra
ce sera comme
au cinéma
James Bond et moi

je suis là pour personne
laissez-moi rêver
que cette chambre de bonne
est un conte de fées
et que James en personne
viendra me chercher

je serai l'espionne
je serai la proie
rien ni personne
ne m'atteindra
ce sera comme
au cinéma
James Bond et moi

pour faire l'espionne
pour faire la loi
jamais personne
ne le saura
on vivra comme
au cinéma
James Bond et moi

je suis là pour personne
laissez-moi tranquille

je suis là pour personne

trouver sa voix

enchantement

Opération magique consistant à chanter. « J'ai chanté avant même de dire des choses intéressantes. » Quelques révélations libèrent la voix de Zazie « j'ai découvert Gainsbourg avec *La Décadanse*, à sept ans, ma tante nous avait pourtant bien dit que ce n'était pas de notre âge. Mais, je trouvais ça chaud-bouillant ». Le charme s'insinue encore à l'écoute de *L'Enfant et les sortilèges* de Maurice Ravel « j'avais dix ans, j'ai adoré, tout appris par cœur ». Et puis l'ensorcellement est à son comble « c'est avec le disque Déjà Vu de Crosby, Stills, Nash & Young que j'ai vraiment découvert la voix. J'étais aussi hyper branchée Peter Gabriel ».

profondeur

Attrait des profondeurs et goût du secret mènent Zazie, en solitaire, mais sur la bonne voie. « Si je fais des chansons, cela vient de mon amour de la musique transmis par ma mère. Et surtout c'est un prétexte à dire, oser dire, et à écrire, et c'est le seul que j'ai trouvé. La musique m'a appris à parler et à éviter le bavardage. L'écriture et la musique ont été très tôt pour moi un défoulement et une façon de partir à la quête de moi. Mais pendant des années, jusqu'à près de vingt-cinq ans, je n'ai rien montré de ce que je faisais. »

DEAN
THOMAS

ça, c'est fait

Expression de zazois, qui malgré un petit air de rien du tout révèle de très grandes choses. Grâce aux maquettes que Zazie a réalisées, Caroline Molko, directrice artistique, se penche sur son travail et « la signe ». Avec ce premier contrat, la carrière de Zazie démarre, ça, c'est fait ! L'expression appelée à un grand avenir, ponctue la vie de l'artiste et de la femme ; accouchement, concert dans une immense salle très remplie et défis en tout sens…

valentin

L'amour, le vrai, le compagnon fidèle, qui panse les blessures et fait avancer : le synthétiseur de Zazie ! « J'ai eu mon bac un peu par hasard, nulle en tout à part en anglais et en gym – j'étais très sportive. Juste après, vers dix-sept-dix-huit ans, je me suis installée dans une chambre de bonne aux Gobelins. Je m'enregistrais sur mon Valentin, rien que pour moi. J'ai commencé des études de kiné que j'ai abandonnées au bout de deux ans, pour m'inscrire aux Langues Orientales, deux mois. Parallèlement, j'ai débuté comme mannequin, en dilettante. » Et tout ça sous l'œil attendri et patient de Valentin…

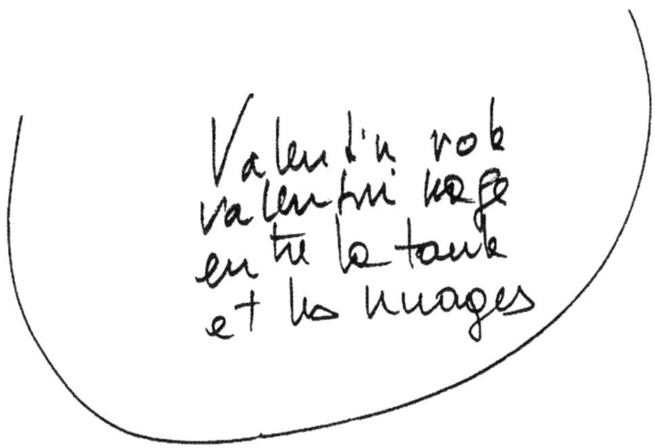

décalage

Le contraire de la conformité. « J'étais un peu décalée : pas le bon âge pour le bon corps de fille, pas le bon métier. J'écrivais mes chansons, mais je ne côtoyais aucun chanteur. Ce décalage, avec mon métier, ça continue. Je suis une chanteuse populaire, consensuelle, mais toujours à la recherche de déghettoïser et avec l'envie de poser des questions. J'éprouve du plaisir à ne pas être cataloguée, c'est mon côté casse-couilles. »

plein cap

Droit devant avec détermination. « Je traçais ma route tel le bélier fonceur, persuadée que ma conviction suffirait à convaincre. Aussi inconscient que cela puisse paraître, je n'ai jamais envisagé l'échec, sans pour autant savoir où j'allais. J'avais juste un besoin de reconnaissance. Les gens m'ont signée pour l'honnêteté de ma démarche et ma particularité. Mais ce qui est dur c'est de garder le cap en restant soi-même, il faut être têtue et diplomate. »

WT/WB
NOV 1 0 1999
S. IMMIGRATION
YORK. N.Y.
DEC 1 7

Place of birth
Date of issue
Date d'expiration
Autorité/Authority
Domicile/Résidence
Nouveaux domiciles/New residences
Taille/Height
La validité du présent
jusqu'au/Extension
VIETNAM - IMMIGRATION
17 MAR 2000
VIETNAM - IMMIGRATION
2 4 MAR 2000
TÂN SƠN NHẤT

envol Quand l'oiseau prend son vol. « À vingt ans, j'ai commencé à voyager : j'ai pris l'avion pour la première fois pour une publicité à Cannes. Avec le mannequinat, j'ai commencé aussi à me maquiller, je m'habillais en cycliste noir moulant, le reste en fluo – vivent les années 1980 ! Et je continuais mes chansons. » Et la chanteuse prend son envol. « J'ai d'abord fait des voix pour la pub et j'ai adoré les premiers contacts avec le studio. C'est là que j'ai fait la connaissance de Jean-Louis Bianchina, musicien. Je lui ai fait écouter mes chansons et il m'a proposé de les enregistrer au propre, on a passé l'été à faire ça. »

Je chante la la la
~~tes~~ Sur tous les airs
et sur tous les tons
Tu n'es pas là là là
et ~~lassin~~ y a guère
que l'écho qui répond
et j'ai le la bémol
plaqué au sol

↑ 1 AU HAREM : indépendance

↓ 2 HOMME SWEET HOMME : ♥ paso

↓ 3 LA LA LA : absence

↑ 4 UN POINT C'EST TOI : rester vrai : état sauvage

↑ 5 FOU DE TOI : amour non partagé

↑ 6 ZEN : méditation

↑ 7 DIALOGUE DE SOURDS : HUMANITÉ COMMUNICATION

↑ 8 CRAQUE MONSIEUR : jalousie

⊣ 9 SIGNAUX DE FUMÉE : écologie

– LAZAZIZANIE : fontense de merde

– DENT POUR DENT : Torture (film)

– UNE SOURIS VERTE : machisme.

– ~~CRAQUE MONSIEUR : polygamie~~.

– FEMME TEFALE : détachement

– ex SOURIS VERTE SIGNAUX DE FUMÉE : écologie

– J'ENVOIE VALSER :

– AU DIABLE NOS ADIEUX : ♥

– POSE-MOI : séparation.

– HISSÉE HAUT : désillusions 15

[– SALAMALEC : salaud]

– SAKYAMUNI : le corps et l'esprit

↑ AU HAREM ✕

↓ H.S.H.

↓ LALALA -

↑ UN PT C'EST TOI ✕

↑ FOU DE TOI ?

↑ ZEN. ✕

↑ LARSEN. ✕ -

⊣ SIGNAUX DE FUMÉE

9↑ CRAQUE MONSIEUR ✕

– 2 IRISH

– SOURIS VERTE

Au diable nos adieux

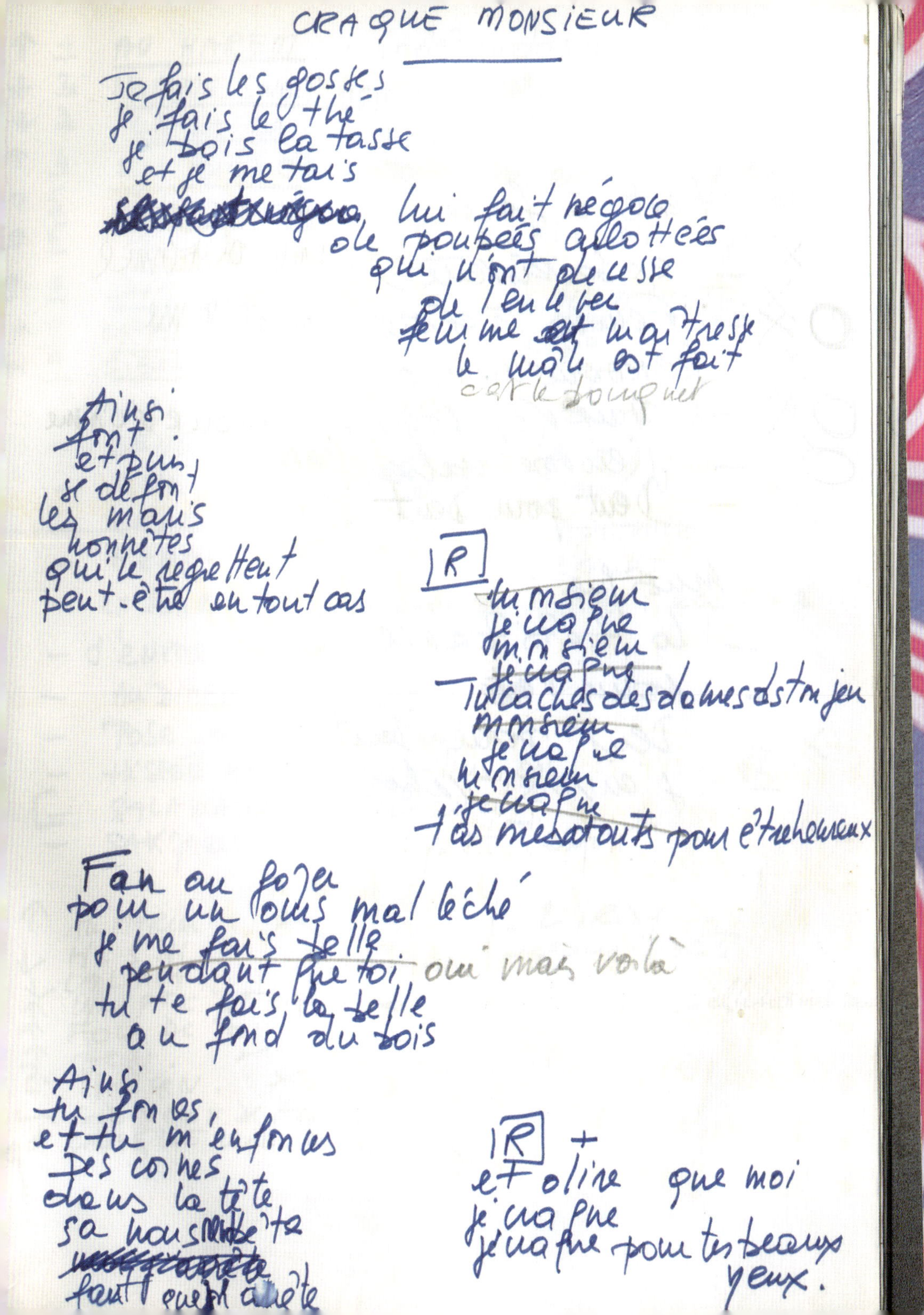
CRAQUE MONSIEUR

Je fais les gosses
je fais le thé
je bois la tasse
et je me tais
~~[illegible]~~ lui fait régole
de poupées allottées
qui n'ont de cesse
de l'enlever
femme ~~est~~ maîtresse
le mâle est fait
car le bouquet

Ainsi
font
et puis
se défont
les maris
honnêtes
qui le regrettent
peut-être en tout cas

R
~~Monsieur~~
je craque
Monsieur
~~je craque~~
Tu caches des dames dans ton jeu
~~Monsieur~~
je craque
Monsieur
~~je craque~~
T'as mes atouts pour être heureux

Fan au foyer
pour un ours mal léché
je me fais belle
pendant que toi oui mais voilà
tu te fais la belle
au fond du bois

Ainsi
tu fonces,
et tu m'enfonces
Des cornes
dans la tête
sa honnêteté
~~[illegible]~~
fait que j'arrête

R +
et dire que moi
je craque
je craque pour tes beaux
yeux.

À gauche, une liste de titres, et de leur thème, lors de la préparation de Zen.
À droite brouillon de « Craque Monsieur »

JE T'AIME MAIS

On ose un peu, puis beaucoup
on s'cache des choses puis on s'dit tout
on s'lance des fleurs
et puis des regards
on cherche l'amour
sans l'armure
un peu de jour
entre les murs
on s'mate
on s'aime
trop fort
on s'matelasse

Dieu sait que je t'aime mais
je m'en vais
avant d'avoir à te le dire à l'imparfait
Dieu sait que je t'aime mais
je m'en vais
avant que le mal ne soit fait
je t'aime assez
pour te laisser
tomber

il suffit d'une éclipse ou d'un mot de trop
et toutes nos vérités tombent à l'eau
le linge est sale
tout c'qu'on s'dit nous f'ra mal
je préfère couper la poire en deux
et mettre de l'eau sur le feu
pour toi
je n'aurai pas
les armes aux yeux

Dieu sait que je t'aime mais
je m'en vais
avant d'avoir à te le dire à l'imparfait
Dieu sait que je t'aime mais
je m'en vais
avant que le mal ne soit fait
je t'aime
mais je pars quand même
si je t'aime mais
je m'en vais
avant d'avoir à te le dire à l'imparfait
je t'aime mais
je m'en vais
avant que le mal ne soit fait
je t'aime
et je reviens
demain

Inédits
« Coupable »
« Je t'aime mais (alternative) »

Coupable

Un oiseau sous la lune
Du goudron dans les plumes
Un copain sur la route
Qui fait le mort au mois d'août

Un grand feu allumé
Un peu d'essence sur un peu de papier
De quoi se réchauffer
Pour chaque larme versée
Un arbre va brûler

Coupable ?
C'est pas toi
C'est pas moi
Les coupables ?
Pas les hommes
Pas les hommes
C'est personne

Une belle garden-party
Pour faire la cour et la chasse à la vie
De quoi se réjouir
~~[illegible]~~ Temps à tuer
Pour trophée à brandir
On s'paie l'aventure, en voiture
Le Paris-Dakar en chauffard
Et quand le froid revient, on reprend son manteau
Bien au chaud
Sous la peau
D'un animal

sauvage comme une image

effeuillage

De l'art d'effeuiller la marguerite et de se dévoiler un peu, beaucoup… « Quand j'ai commencé ce métier, je ne voyais pas plus loin que le bout de mon… ego. Le mannequinat a été mon école de l'artifice, j'avais envie et besoin d'entendre que j'étais jolie, sexy et très fille. J'étais totalement dans le paraître. Quand j'ai chanté, il m'a fallu désapprendre, passer du paraître à l'être. Cela m'a incitée à décacheter l'enveloppe pour montrer la lettre, l'être qui se cache à l'intérieur, même si c'est moins affriolant. »

samson

Tel un héros biblique, Zazie remise sa force au creux de sa chevelure. « Passée la première semaine pendant laquelle je trouvais que les cheveux courts m'allaient franchement bien, c'est vite devenu la catastrophe ! J'ai compris que les cheveux longs ajoutaient à ma féminité. » Le lien établi entre l'abondance de la chevelure et la force vitale est manifeste chez d'innombrables peuples. Et le concept de force vitale entraîne celui d'âme et de destinée.

pochette

Le goût des belles enveloppes et des surprises. « Il m'arrive d'acheter un album par amour de la pochette. Je fais attention à l'image parce que c'est une présentation, une séduction. » Mais attention, une Zazie empaquetée d'une robe de papier pour les Victoires de la musique, sophistiquée sous les flashes ou travestie dans ses clips c'est toujours une Zazie explosive. « Le boulot que je demande à une image c'est d'interpeller et de dire quelque chose. »

Fille de bas en haut,
J'expose mon corps à découvert
Des kilomètres de peau

affranchie

Libre et sans préjugés. « Dans mon premier clip j'étais nue, dans un autre ce sont deux hommes qui s'embrassent ou encore moi qui embrasse une fille. J'ai aussi posé enceinte. J'aime ce contraste entre un travail très soigné autour de l'image et en même temps le fait de livrer des images très sauvages, très crues. Et puis maintenant, je me fiche de paraître laide, si l'image est signifiante. » Le contraste remonte à loin entre des études de kiné, à la recherche du petit os caché, et une activité de mannequin, à capter la lumière.

reflet

Lumière réfléchie par un corps, éclat qui rejaillit sur le public. « Ce qu'on aime ou pas de moi, ce n'est pas vraiment moi, mais le symbole de Zazie, c'est-à-dire des petits morceaux de moi. » Et qu'on se le dise : « L'image qu'on a de moi me satisfait ou me déplaît, mais ce n'est plus elle qui me mène. Être contente de n'être ni Björk, ni Kate Bush, mais simplement Zazie, passe certes par un constat d'échec, mais me permet aussi de faire la paix avec moi-même, de m'accepter jusque dans mes paradoxes. On ne peut s'arrêter au regard de l'autre c'est extrêmement déformant. »

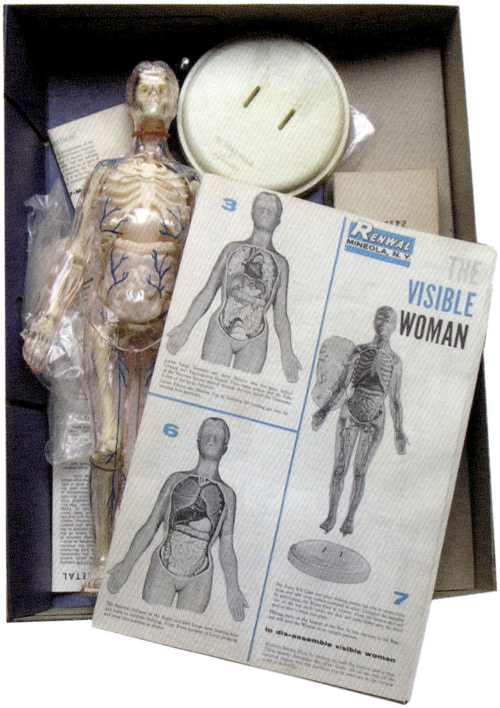

peau

Un jeu de cache-cache. La peau se dessine sous le *tattoo*. « J'ai fait mes tatouages avant que ce ne soit vraiment la mode – trois parce qu'il les faut en nombre impair. J'ai toujours aimé les porter comme un bijou. » Et la peau se dévoile. « Montrer mon nombril est la seule impudeur physique que je m'accorde. Mon nombril, c'est mon centre. J'aime bien mon ventre, je le trouve touchant. Il me permet de rester en terrain neutre, hors du code sexuel habituel, à mi-chemin du sexe et des seins. »

GARDER le LIT

Où que je sois
je suis sujette à des chutes de tension
les médecins mettent ça
sur le coup de l'émotion
mais c'est rien
contre les états d'âmes aux cimetières
il n'y a qu'une solution
les docteurs m'ont bien dit
qu'il fallait à tout prix

garder le lit
garder le lit
l'érothérapie
me réussit
il faut garder le lit
garder le lit
c'est l'amouroscopie

Si les hommes à c'qu'on m'a dit
s'attrapent comme une maladie
gardons le lit

Après tout, c'est de ta faute
si j'ai le cœur en coton
à veiller à ton chevet
je sais que la contagion
c'est malin
les docteurs ne m'ont pas immunisée
contre les corps-à-corps étrangers
Tant pis si le mal est fait
je suis bien décidée

à garder le lit...

Si les hommes s'attrapent comme une maladie
gardons le lit

et que le charme s'opère
je ne vais pas en faire
une maladie
gardons le lit.

Inédit *À gauche,* « Garder le lit ».

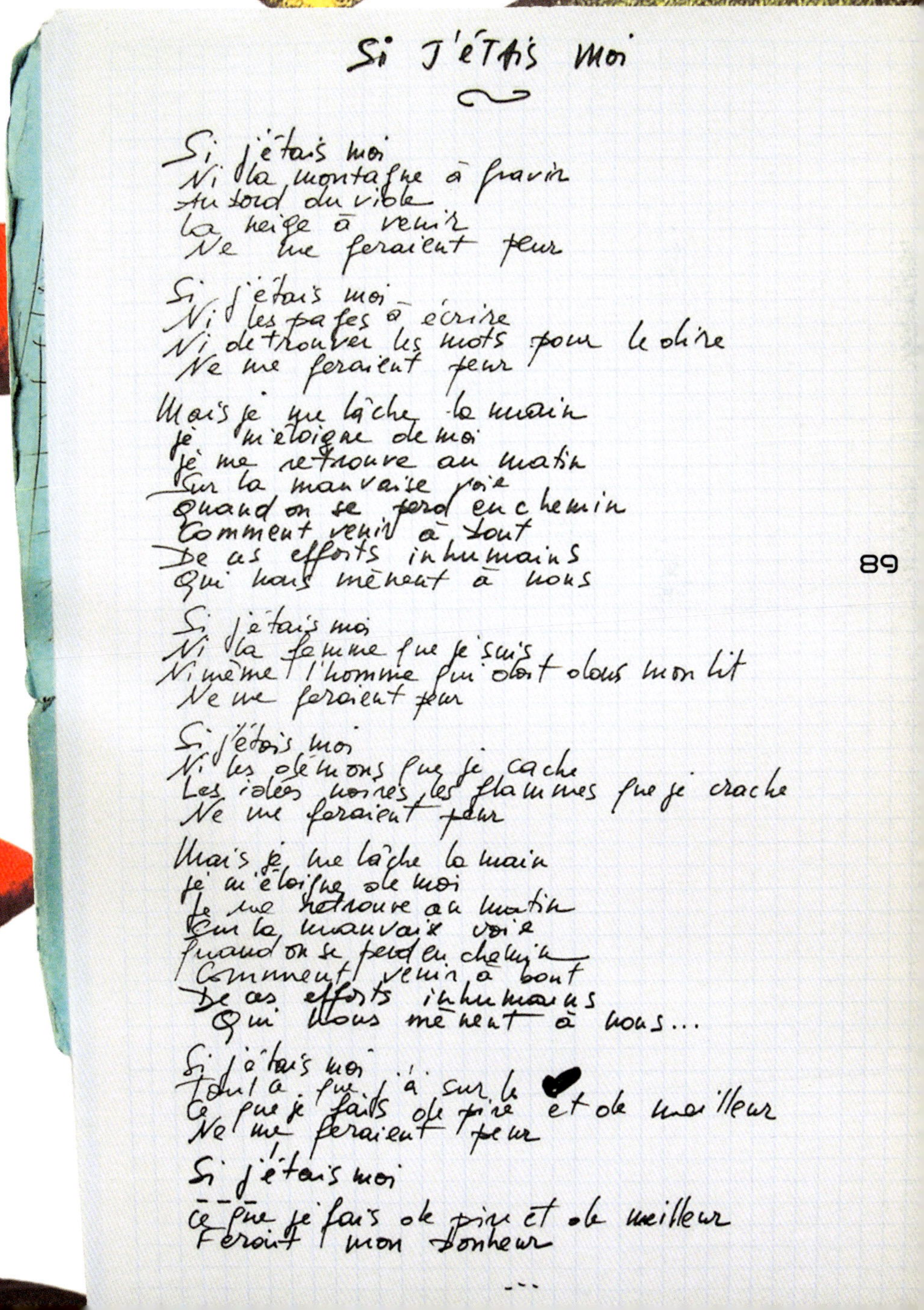

Si j'étais moi

Si j'étais moi
Ni la montagne à gravir
Au bord du vide
La neige à venir
Ne me feraient peur

Si j'étais moi
Ni les pages à écrire
Ni de trouver les mots pour le dire
Ne me feraient peur

Mais je me lâche la main
Je m'éloigne de moi
Je me retrouve au matin
Sur la mauvaise voie
Quand on se perd en chemin
Comment venir à bout
De ces efforts inhumains
Qui nous mènent à nous

Si j'étais moi
Ni la femme que je suis
Ni même l'homme qui dort dans mon lit
Ne me feraient peur

Si j'étais moi
Ni les démons que je cache
Les idées noires, les flammes que je crache
Ne me feraient peur

Mais je me lâche la main
Je m'éloigne de moi
Je me retrouve au matin
Sur la mauvaise voie
Quand on se perd en chemin
Comment venir à bout
De ces efforts inhumains
Qui nous mènent à nous...

Si j'étais moi
Tout ce que j'ai sur le ♥
Ce que je fais de pire et de meilleur
Ne me feraient peur
Si j'étais moi
--
Ce que je fais de pire et de meilleur
Ferait mon bonheur
...

pochette

poupée Barbie : ds un rayon de jouets
au supermarché -

ds un camion de
déménagement

ds un jardin avec des
nains de jardin

ds un sex shop avec des
poupées gonflables

ds un aquarium

ds un Harem

sur une île déserte

à la SPA

au musée de cire

ds un commissariat

A la télé (genre juste prix)

ds un parc à Versailles avec
des statues

Poupée Zarbie

1 Chanson d'ami
2 Stop
3 La vie devant moi
4 Made in love
5 Tous des anges
6 On s'en fout
7 Femmes défaites
8 Cyber
9 Ça fait mal et ça fait rien
10 Tout le monde
11 Autant de peine que de toi
12 La preuve par trois
13 Slow Beatles
14 Sauver la terre

Barbie T / Zarbie Rip

Zarbie Doll

Zarbie Foot

Cyberzarbie

Zarbie monde

- code barre sur le vêtement
- étiquette : prix ou label mercure ?
- vis et clous aux attaches
-

+

Idées de pochette où je me décline en poupée Zarbie.

Inédit Des bribes de « Faut qu'on danse »
À droite Inédit « Tout balayer »

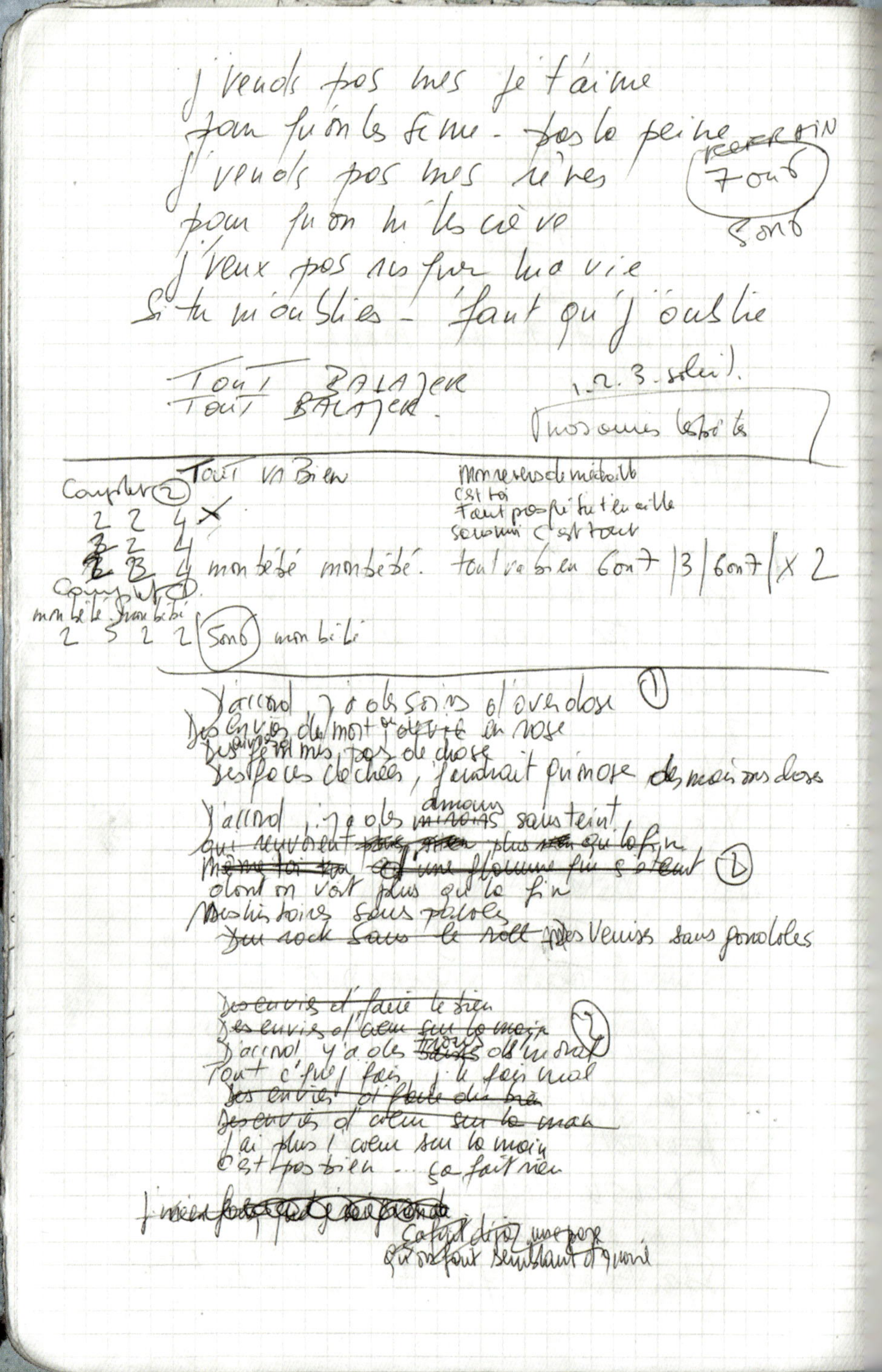

L— J'ai le sourire au bord des larmes -

Etre ou paraître
t'es fou, j'arrête.
Telle n'était pas la question
T'as pas bon. C'est trop con.
Malin, t'es pas malin
D'faire pousser les filles dans ton jardin
Vaurien. Toi tu vaux rien
T'es plus l'coeur sur ma main.

Tant que j'pense à ma pomme
Que j'balance, que j'gomme
La ~~bête~~ bête sous la belle
Sous les paillettes, poubelle.
Trop d'artifice
Elle en a marre, ta complice
Y'a comme un vice dans ma forme
Tant pis je dorme -

TOUT BALAYER
TOUT BALAYER

J'donne pas mon corps
Pour que tu m'plantes, carnivore
Je mords quand on me sort
Dans le décor. Pan! t'es mort.
J'm'en fous, j'choisis
Partout c'que tu m'as fait

quand on a la voix qui porte

devoir

Une responsabilité morale ; mettre son image au profit de la cause, avec le maximum d'énergie et d'envie. Pour Zazie, cela va de soi, « quand on a une voix qui porte, on a un devoir, y compris si l'on chante des chansons légères. C'est la moindre des choses. Et puis tant qu'à faire mieux vaut qu'on me reproche d'avoir des bons sentiments que des mauvais. Je continuerai à m'engager et à ne rien m'interdire ».

engagée

Une étiquette que Zazie ne prend pas à la légère. « En fait, l'honnêteté dans ce métier est une forme d'engagement. Dès que l'on dit la vérité, dès que l'on a une vision humaine et qu'on voit plus loin que son nombril, on vous colle l'étiquette d'engagé. Pour ma part, j'engage un point de réflexion. C'est plus une question posée qu'un engagement. Et avec la maternité et l'envie de passer le flambeau, ma volonté d'honnêteté est encore plus radicale. »

sujet

De quoi exercer la réflexion, de soi au monde. « Les thèmes de mes chansons ont d'emblée été assez sociaux. C'est sans doute lié à mon manque de confiance en moi. Ne sachant pas trop qui j'étais, je cherchais une place dans le monde. Je me définissais par les autres autour de moi, leur demandant inconsciemment de me dire qui j'étais. » Et tout naturellement la recherche de soi conduit Zazie à se préoccuper des autres. « Je suis juste citoyenne, ma préoccupation est politique dans le sens antique du terme, d'organisation des gens : quelle est ma place, notre place, notre rôle, ensemble. »

Avec Maxime Le Forestier et Catherine Lara.
Pages suivantes, avec Pascal Obispo et Francis Cabrel.

solidarité

Association et entraide dans un esprit de camaraderie. « Pour moi, l'humanitaire moderne est de faire appel non pas à la culpabilité des gens mais à leur plaisir. On peut tous partager ce même plaisir qui consiste à chanter en chœur une rengaine populaire. Je suis alors capable, dans ce contexte, de chanter des chansons qui parfois sont loin de mes goûts artistiques. Cela me permet de mesurer la valeur de mon engagement. »

courtoisie

Quelles que soient ses prises de position, Zazie les exprime avec politesse, et toujours… le goût du paradoxe. « J'ai reçu une éducation : être honnête, ne pas mentir, ne pas marcher sur les autres, etc, mais pas particulièrement sociale. Je suis une monopolie, j'aime penser que je suis un petit peu personnelle, d'une génération assez individualiste, mais polie. Je n'ai pas appris à dire les choses autrement qu'avec une certaine correction. Mais je donne mon avis, pas celui que l'on me demande d'avoir. »

Sourd
on devient sourd
trop d'humains
si peu d'amour
ça larsen

à nous mes frères…

« Si mes chansons parlent au public, c'est peut-être parce qu'ils y retrouvent des morceaux d'eux-mêmes. J'ai une vision réaliste de moi-même, il y a ce que je suis capable de faire et, pour le reste, mes imperfections me rendent humaine. » Zazie interpelle : « Le public s'identifie sûrement davantage chez moi au constat d'échec et d'honnêteté qu'à une vision fantasmagorique d'un monde parfait qui n'existe pas et que “je ne leur vends pas”. Par exemple, la vraie chanson sur le racisme, ce n'est pas « Tout le monde », qui demeure une chanson utopique faite pour être chantée dans les cours de récré. C'est une chanson que je n'ai pas encore écrite. »

Sous le voile

Elle a le soleil pour elle
le désert à ses pieds
elle a le regard de celle
que rien ne peut troubler

elle prie et croise les doigts
de la main de Fatma
pour que la nuit ne tombe pas
pour que la nuit ne tombe pas

là, sous le voile
elle cache mille et une étoiles
là, sous le voile
elle cache son pays, ~~Algérie~~ loin d'ici

Que dire au monde qui dort
et semble préférer
les princes qui roulent sur l'or
aux peuples opprimés

Alors elle croise les doigts
de la main de Fatma
pour que le monde n'oublie pas
pour que le monde n'oublie pas

là, sous le voile
elle cache mille et une étoiles
là sous le voile
elle cache son pays ~~Algérie~~ loin d'ici

pour que les hommes n'oublient pas
pour que les hommes n'oublient pas

là sous le voile
elle cache mille et une étoiles
là sous le voile
elle cache son pays ~~Algérie~~ loin d'ici

elle cache mille et une vies
elle cache son pays ~~Algérie~~ loin d'ici

STOP

moi, petit homme extra-terrestre
je donne des signes de faiblesse
voyez la Terre
voyez ce qu'il en reste

~~moi~~ Alors, c'est ça la race humaine
c'est le progrès, c'est le problème
c'est du pétrole
au bout de mes antennes

Faut-il que je porte
STOP
le Monde à bout de bras
Pour qu'il tourne
Je porte
STOP
le monde à bout de souffle
Pour lui faire prendre l'air

moi, petit homme vert de rage
lassé des humains, ces sauvages
pour rien au monde je ferais le voyage

Déjà que je porte
STOP
le monde à bout de bras
Pour qu'il tourne
je porte
STOP
le monde à bout de souffle
Pour lui faire
prendre l'air

et moi qui supporte
STOP
le monde à bout de bras
pour qu'il tourne
qui porte
STOP
le monde à bout de souffle
pour qu'il tourne
Faut-il que j'emporte
STOP
le monde au bout du monde
pour lui faire prendre l'air
et le mettre au vert

SALAMALEC

Salamalec
C'est que des histoires
Dans l'cœur des mecs
Y'a plus rien à voir

Que beau leur faire
Les yeux qui roulent
C'est du souk dans l'air
Du khôl qui coule

Toutes ces salades
C'est pas joli joli
Ça ~~nous~~ rend malade
Tout c'que tu m'dis

Prises de bec
On s'retrouve le bec dans l'eau
Retour à la Mecque
À dos de chameau

FAUT QU'ON CROISE LES DOIGTS
De la main de Fatma
De la main de Fatma
FAUT QU'ON CROISE LES DOIGTS
Plutôt que les fers
Remuer ciel et terre
DE LA MAIN DE FATMA

X contre Y grec
C'est David et Goliath
Faudrait faire un break
Et pirater les pirates

Toi et moi on s'mettrait l'cœur au sec
Plutôt que toutes ces salamalec

ON VA CROISER LES DOIGTS
De la main de Fatma
De la main de Fatma
ON VA CROISER LES DOIGTS
Plutôt que les fers
Remuer ciel et terre
DE LA MAIN DE FATMA

RAPP: Ça fait des bosses et des bleus
Et des traces aux coins des yeux
Dis-nous laquelle des dieux
Trouve grâce à tes yeux

On peut pas choisir à ta place
Il faut que jeunesse se passe
Jlhem ou Nebila
Dis-nous qui tu aimes,
Qui t'aimes pas

J'aime mieux te garder, sister
Que ce bourdon voyageur
Je préfère te garder, p'tite sœur
Que cet oiseau de malheur

Comme quoi
Nous deux on fait la paire
Comme ça
Croix de bois, croix de fer.

REFRAIN FAUT QU'ON CROISE LES DOIGTS
ad lib.

comme un garçon

les copains d'abord

Une planète, un univers. « J'ai appris le sens de la repartie avec les copains de mon frère. Et aujourd'hui j'ai plus de meilleurs copains que de meilleures copines. J'ai en moi un côté chef de bande, bélier, garçon manqué. Je me suis épuisée à vouloir être un mec. Mon travail me convient donc parce qu'il requiert des qualités masculines – cette virilité très héroïque nécessaire à la vie en tournée. » Et les hommes de Zazie mettent un peu de douceur dans ce monde de brutes. « Il y a plus de douceur dans le fait de travailler avec des gens de sexe opposé. On est moins dans la compétition. Dans ma tribu il y a tout un tas de garçons dont Vincent Baguian, Maxime Le Forestier, Axel Bauer et surtout les musiciens et techniciens qui m'accompagnent... »

mec

Une femme énergique. « Il faut être un peu guerrière. Aller sur une scène, se mettre sous les projecteurs, aller chercher des trucs que personne ne vous demande, c'est presque un acte viril. C'est vachement dur de monter sur scène et assez inhumain, comme le saut à l'élastique. Si j'y pense, je n'y vais pas ! Une fois qu'on y est, c'est balayé dans l'instant, le public est là. »

masculin féminin

Une difficile redistribution des rôles. « On a gagné beaucoup de choses nous les femmes : dans nos têtes on a gardé des jupes et des jupons et on peut jouer au garçon quand ça nous arrange. De fait, je trouve que ce n'est pas facile d'être un garçon aujourd'hui. En tant que mère, j'aurais eu peur d'en élever un. »

destrier

Une longue suite de montures colorées et variées « Il y a eu Jolly Jumper mon premier scooter, Léon Bornibus, Hamlet To Be la bicyclette réjouie et en ce moment c'est Rantanplan. » Grâce à lui, Zazie, tel Zorro, court vers l'aventure au galop. « Rantanplan quand je l'ai acheté, je le trouvais moche, moche, moche… Je lui ai donné un nom de chien bête. Mais il est fidèle et comme il n'a l'air de rien, personne n'a envie de me le voler. » Le scooter c'est la clé de la ville « c'est une liberté absolue, j'arrive à l'heure, je ne suis pas coincée dans la file, je pars quand je veux, je suis autonome. Puis, j'ai trouvé quelques refrains sur mon scooter ».

Les doigts dans la prise

Un art de vivre ! Bon à savoir : il existe plein de façons de se mettre en danger sans pour autant foncer dans le mur. « J'aime le risque, très clairement, j'aime le dépassement de soi et la transgression. Mais je reste assez saine, même si je côtoie des mondes qui ne le sont pas toujours. J'aime dépasser la limite, mais je n'aime pas y rester. On peut être rebelle et rock'n' roll sans foutre sa vie en l'air. »

Gigi, un de mes scooters. À droite, avec Axel Bauer, déguisés pour le tournage de son clip Mens-moi.

couple

Source d'inspiration sans cesse renouvelée, matière à duo, prétexte à duel. « Le tiède est définitivement l'ennemi du couple. Avec Axel Bauer, on a eu des discussions sans fin sur le couple. Faut-il comprendre l'autre ? Faut-il l'apprendre ? »

Après tout
la déclaration n'est pas le monopole
des garçons
j'porte aussi bien que lui l'alcool
et le pantalon

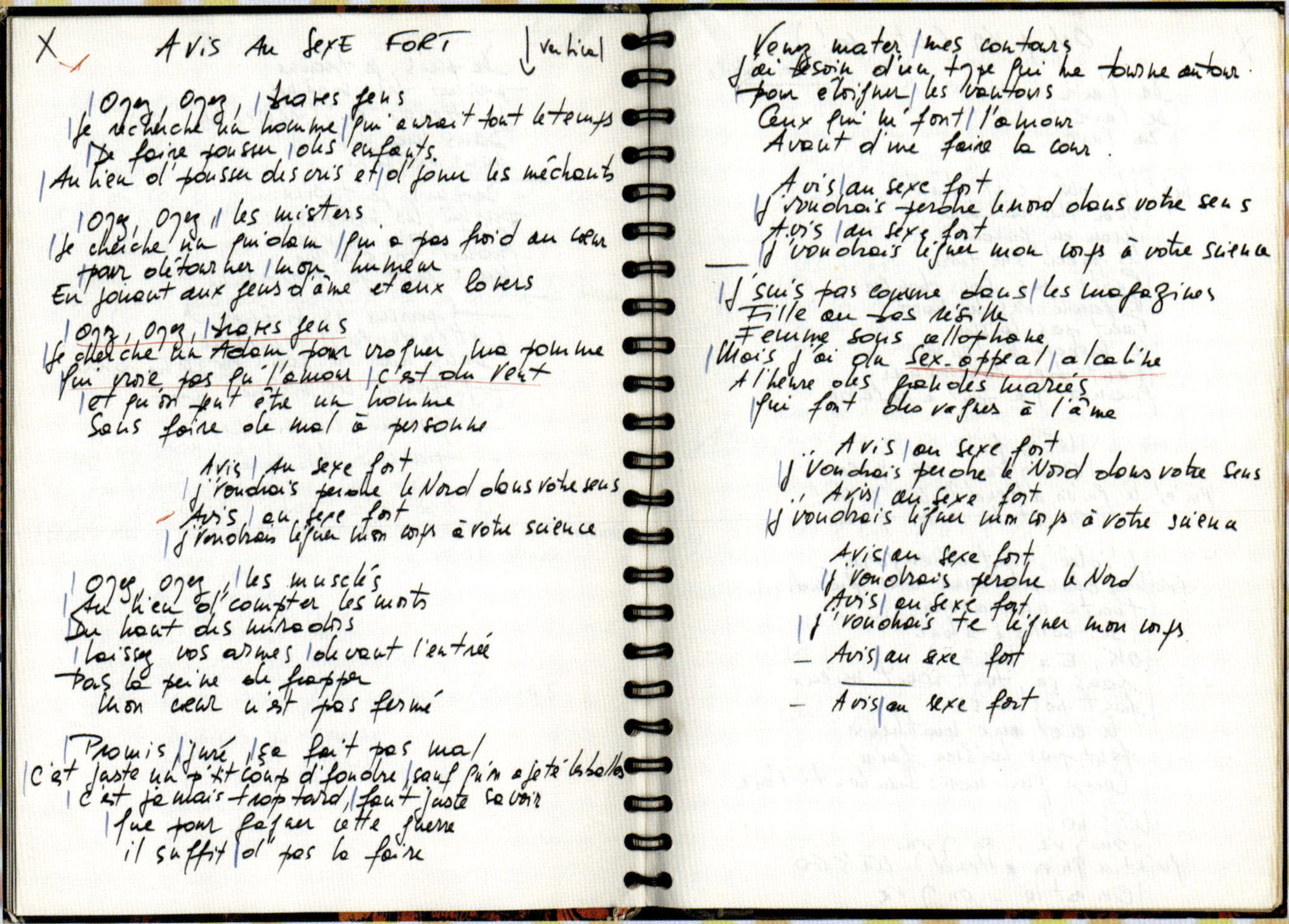

X Avis au sexe fort — vertical

Oyez, oyez, braves gens
Je recherche un homme qui aurait tout le temps
De faire pousser des enfants.
Au lieu d'pousser des cris et d'jouer les méchants

Oyez, oyez, les misters
Je cherche un quidam qui a pas froid au cœur
pour détourner mon humeur
En jouant aux jeux d'âme et aux lovers

Oyez, oyez, braves gens
Je cherche un Adam pour croquer ma pomme
Qui croie pas qu'l'amour c'est du vent
et qu'on peut être un homme
Sans faire de mal à personne

Avis au sexe fort
J'voudrais perdre le Nord dans votre sens
Avis au sexe fort
J'voudrais léguer mon corps à votre science

Oyez, oyez, les musclés
Au lieu d'compter les mots
Du haut des miradors
Laissez vos armes devant l'entrée
Pas la peine de frapper
Mon cœur n'est pas fermé

Promis juré ça fait pas mal
C'est juste un p'tit coup d'foudre sauf qu'on a jeté les balles
C'est jamais trop tard, faut juste savoir
Que pour gagner cette guerre
il suffit d'pas la faire

Venez mater mes contours
J'ai besoin d'un type qui me tourne autour
pour éloigner les vautours
Ceux qui m'font l'amour
Avant d'me faire la cour.

Avis au sexe fort
J'voudrais perdre le nord dans votre sens
Avis au sexe fort
J'voudrais léguer mon corps à votre science

J'suis pas comme dans les magazines
Fille aux bas résille
Femme sous cellophane
Mais j'ai du sex-appeal alcaline
A l'heure des grandes marées
Qui font des vagues à l'âme

Avis au sexe fort
J'voudrais perdre le Nord dans votre sens
Avis au sexe fort
J'voudrais léguer mon corps à votre science

Avis au sexe fort
J'voudrais perdre le Nord
Avis au sexe fort
J'voudrais te léguer mon corps
— Avis au sexe fort

— Avis au sexe fort

Avec mes musiciens et ingénieur du son (de haut en bas et de gauche à droite), Matthieu Rabaté, Nicolas Fiszman, Philippe Paradis, Jean-Pierre Pilot et Yves Jaget.

Brouillon de « À ma place »

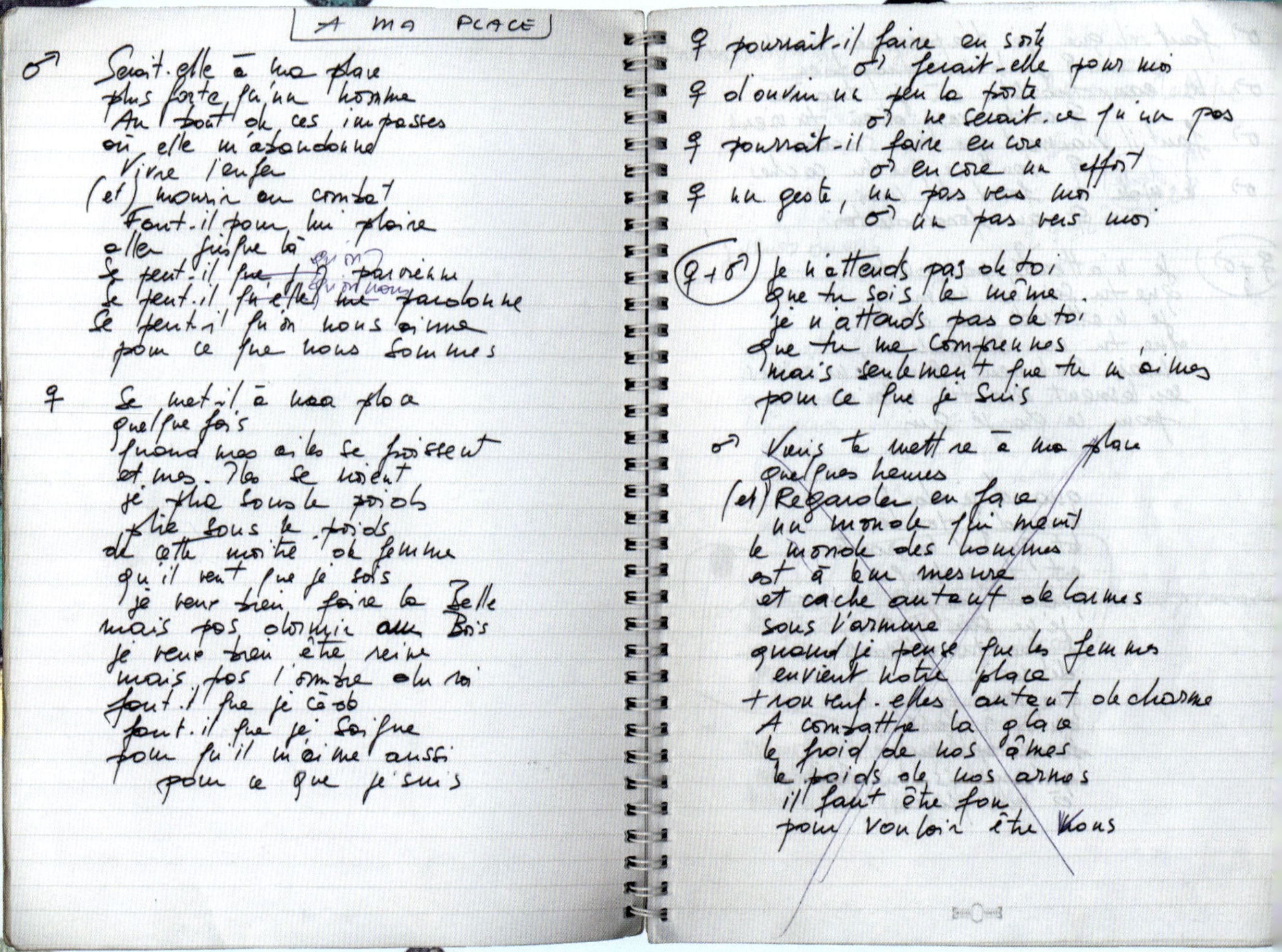
À MA PLACE

♂ Serait-elle à ma place
plus forte qu'un homme
Au bout de ces impasses
où elle m'abandonne
Vivre l'enfer
(et) mourir au combat
Faut-il pour lui plaire
aller jusque là
Se peut-il que j'l paraisse
Se peut-il qu'elle me pardonne
Se peut-il qu'on nous aime
pour ce que nous sommes

♀ Se met-il à ma place
quelquefois
quand mes ailes se froissent
et mes .. se noient
je plie sous le poids
plie sous le poids
de cette moitié de femme
qu'il veut que je sois
je veux bien faire la Belle
mais pas dormir au Bois
je veux bien être reine
mais pas l'ombre du roi
faut-il que je cède
faut-il que je soigne
pour qu'il m'aime aussi
pour ce que je suis

♀ pourrait-il faire en sorte
♂ ferait-elle pour moi
♀ d'ouvrir un peu la porte
♂ ne serait-ce qu'un pas
♀ pourrait-il faire encore
♂ encore un effort
♀ un geste, un pas vers moi
♂ un pas vers moi

(♀ + ♂) Je n'attends pas de toi
que tu sois le même
je n'attends pas de toi
que tu me comprennes
mais seulement que tu m'aimes
pour ce que je suis

♂ Viens te mettre à ma place
quelques heures
(et) Regarder en face
un monde qui ment
le monde des hommes
est à leur mesure
et cache autant de larmes
sous l'armure
quand je pense que les femmes
envient notre place
trouvent-elles autant de charme
À combattre la glace
le froid de nos âmes
le poids de nos armes
il faut être fou
pour vouloir être nous

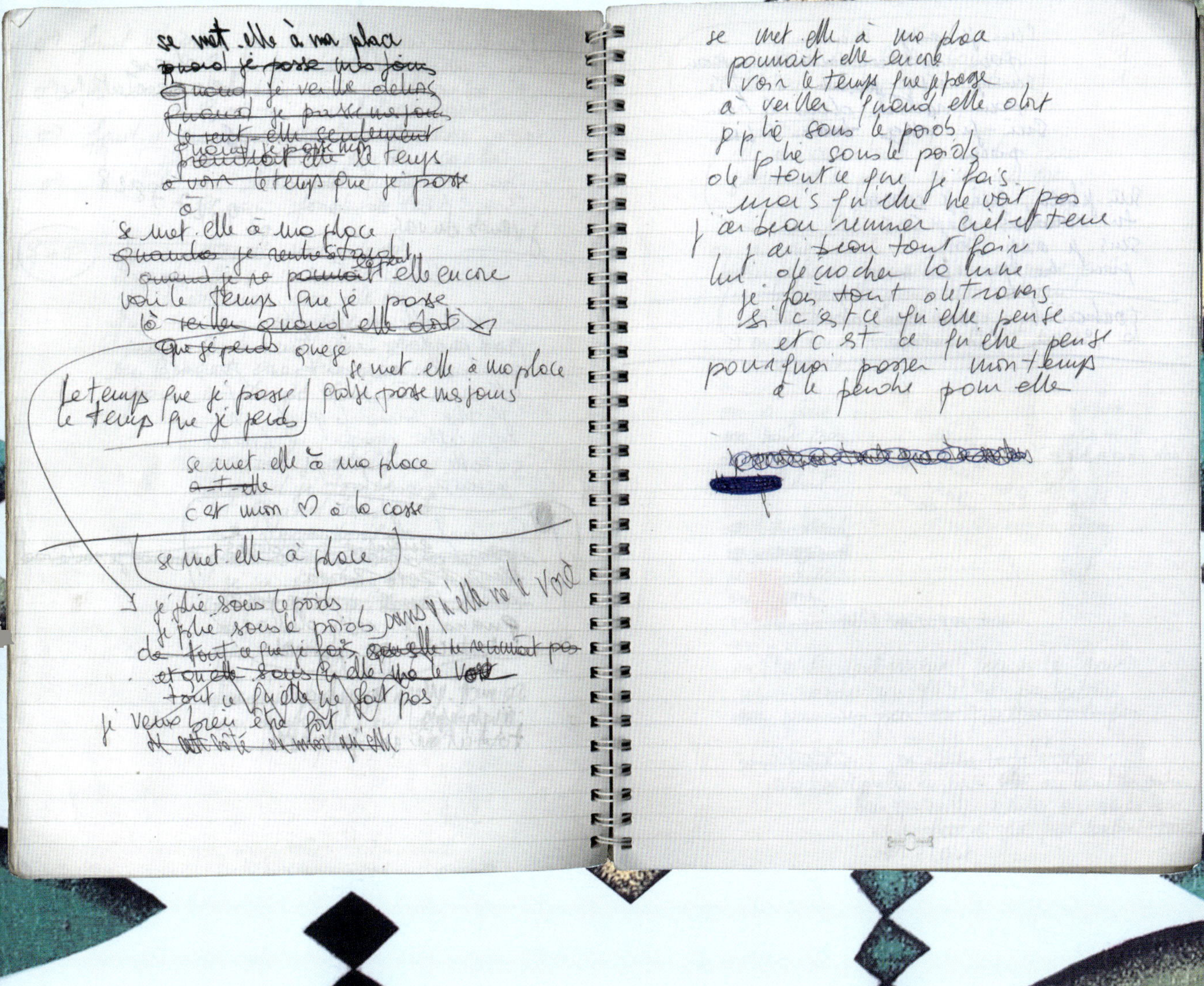

se met-elle à ma place
pourrait-elle encore
voir le temps que je passe
à veiller quand elle dort
plié sous le poids
plié sous le poids
de tout ce que je fais
mais qu'elle ne voit pas
j'ai beau remuer ciel et terre
j'ai beau tout faire
lui décrocher la lune
je fais tout de travers
si c'est ce qu'elle pense
et c'est ce qu'elle pense
pourquoi passer mon temps
à le pendre pour elle

se met-elle à ma place
se met-elle à ma place
pourrait-elle encore
voir le temps que je passe
se met-elle à ma place
le temps que je passe
le temps que je perds
se met-elle à ma place
c'est mon cœur à la casse
se met-elle à place
je plie sous le poids
je plie sous le poids sans qu'elle ne le voie
tout ce qu'elle ne fait pas
je veux bien être fort

inédit « On s'en foot »

ON S'EN FOOT

Ça va boire de la bière
toute la soirée
et crier "Allez les verts"
devant la télé
Ça va nous demander
d'aller jouer ailleurs
~~[illegible]~~
histoire de n'pas mélanger
le ballon et le cœur

Ça c'est un truc entre types
quand on lit pas l'Equipe
on peut pas comprendre

ON S'EN FOOT, ON S'EN DOUTE
BIEN, APRÈS TOUT
que le FOOT, que le FOOT
PASSE AVANT NOUS
ON S'EN FOOT, CAR SANS DOUTE
A LA MI-TEMPS
ON S'RA TOUTES DANS LE LIT
DE NOS AMANTS

Ça peut pas se douter
de ce qui se trame
de tous ces p'tits futés
qui prennent soin de leurs femmes

C'est bien trop occupé
à marquer des buts
pour voir la main du voisin
glisser sous nos jupes

Allons soyez messieurs, beaux joueurs
pour une fois laissons gagner
les visiteurs

ON S'EN FOOT, ON S'EN DOUTE
BIEN, APRÈS TOUT
QUE LE FOOT, QUE LE FOOT
PASSE AVANT TOUT
ON S'EN FOOT, CAR SANS DOUTE
À LA MI-TEMPS
ON S'RA TOUTES DANS LE LIT
DE NOS AMANTS

moi je dis Bravo à Sport Dimanche
ça nous laisse carte blanche
pour nous les jours de foot
c'est jour de fête

ON S'EN FOOT, ON S'EN DOUTE
BIEN, APRÈS TOUT
QUE LE FOOT, QUE LE FOOT
PASSE AVANT NOUS
ON S'EN FOOT, CAR SANS DOUTE
PENDANT CE TEMPS
ON S'RA TOUTES DANS LE LIT
DE NOS AMANTS

ON S'EN FOOT, ON S'EN FOOT
ÉPERDUMENT
pour eux c'est carton rouge
et pour nous carré blanc
Que le FOOT, QUE LE FOOT
PASSE DEVANT
vivement la Coupe du Monde
qu'on prenne du bon temps
→

LA PREUVE PAR TROIS

Si je reprends tout depuis le début
Pour résoudre le problème
De cette équation à deux inconnus
il suffit de savoir qu'ils s'aiment

Si j'ajoute à ça que le point G
Se trouve à l'intersection
De deux corps en position allongée
Tu auras la solution

C'est la somme de toi et moi
qui donne le résultat
C'est de nous deux la preuve par trois
qu'on s'aime et qu'on s'aimera

Qui peut dire si c'est x ou y ?
Et si tu voudrais le garder ?
Toi qui m'aimes seul, m'aimeras-tu avec
Cette valeur ajoutée

Fais la somme de toi et moi
et donne-moi le résultat
Fais de nous deux la preuve par trois
qu'on s'aime et qu'on s'aimera
encore
encore
encore
encore

C'EST LA SOMME DE TOI ET MOI
QUI DONNE CE RÉSULTAT
C'EST DE NOUS DEUX LA PREUVE PAR TROIS
DE L'ENFANT QUE J'ATTENDS DE TOI
(L'ENFANT QUE J'ATTENDS DE TOI)
C'EST DE NOUS DEUX LA PREUVE PAR TROIS
QU'ON SÈME ET QU'ON S'AIMERA
ENCORE
ENCORE
ENCORE
PLUS FORT

liste des chansons

crédits photos

Antoine Le Grand : sommaire, p. 9, 13, 23, 27, 29, 32, 41, 63, 66, 83, 87, 103
Laurent Seroussi : couverture et p. 56.
Jean-Pierre Monnier : p. 42, 73, 84.
Bruno Vallet : p. 19.
Collection personnelle : p. 10, 33, 45, 51, 53, 64, 74, 85, 95, 96, 97, 105, 106
Les manuscrits des chansons ont été photographiés par Stefano Bianchetti/Leemage.
Merci à
Fabien Lewartowski pour ses objets : p. 8, 11, 12, 18, 22, 67, 86
Sophie Bergman pour sa peinture p. 55

remerciements

« Merci à Laurent Balandras, Alix Turrettini et Maud Naïmi, et les "Textuelliennes" Marianne, Camille et Luce pour leur respect, leur bel enthousiasme et leurs litres de thé. »

discographie & scène

1992

28 septembre :
1er album *Je, tu, ils*
Singles : *Sucré salé*, *Je, tu, ils*, *Un petit peu amoureux*
Victoires de la musique : révélation féminine de l'année (1993)

1995

19 septembre :
2e album *Zen*
Singles : *Larsen*, *Zen*, *Un point c'est toi*, *Homme sweet homme*

1996

Tournée *Zen*
(3 soirs à La Cigale à Paris)
Victoires de la musique : meilleur clip *Larsen* réalisé par Philippe André
Collaboration : écrit , co-compose et chante en duo avec Pascal Obispo *Les Meilleurs Ennemis*

1998

12 mai :
3e album made in love
Singles : *Tous des anges, Ca fait mal et ça fait rien, Tout le monde, Chanson d'ami, Made in love*
Victoires de la Musique : artiste féminine de l'année (1998)
Tournée 98/99 *Le Tour Des Anges*
(3 Olympia et 2 Zénith à Paris)

1999

7 décembre :
Double album live made in live
Single : *Cyber*

2000

Le *Zaziatic Tour* : tournée en Birmanie, au Cambodge, au Viêt Nam et à Singapour
Collaboration : écrit et chante *À Ma Place* en duo avec Axel Bauer
Victoires de la musique : nomination pour le meilleur site internet officiel pour *ZE WEB*
dvd et vhs : Le Tour des anges

2001

16 octobre :
4e album LA ZIZANIE
Singles : *Rue de la Paix, Adam & Yves, Sur toi, Danse avec les loops*

2002

Victoires de la Musique : artiste féminine de l'année (également nommée pour la chanson de l'année *À ma place* et l'album de l'année *La Zizanie*)

2003

Du 3 janvier au 22 février :
zazie squatte le Bataclan
à Paris
De mars à septembre : tournée
zazie sème la zizanie
(1 Zénith à Paris)
23 avril :
Double album Live ze live !!
+ DVD (13 mai)

2004

22 novembre :
5e album : RODÉO
Sortie en SACD avec le DVD du film événement Rodéo Indien tourné en Inde et réalisé par Didier Le Pêcheur
Singles : *Rodéo, Toc toc toc, Excuse-moi*

2005

De juin à septembre :
tournée RODÉO TOUR
(2 « Paris Bercy »
les 16 et 17 septembre)

interprète

Interprète *Rose* écrit par Dominique Dalcan pour la BOF de *Ma vie en rose* d'Alain Berliner (1997).
Co-compose avec Pierre Jaconelli et Christophe Voisin la BOF de *Tout doit disparaître* (1997) de Philippe Muyl, et écrit et interprète *Mon tout doit disparaître*, la chanson du générique de fin (BOF non commercialisée).
Interprète la chanson de *La baleine de parapluie* dans la nouvelle version d'*Émilie Jolie* de Philippe Chatel (1997).
Participe à l'album *Pop Session*, hommage à Serge Gainsbourg, et réinterprète *Requiem pour un c…* (2001).
Participe au titre *Slowfood* sur l'album *Strange* d'Astonvilla (septembre 2002).
Réinterprète son titre *Homme Sweet Homme*, sous la houlette de Philippe Kelly et Marco Beacco (*Akapela*, 2002).
Interprète *J'ai ta main* (Trenet) en duo avec Patrik Bruel, pour son album *Entre Deux* (2002).
Ré-arrange *La vie en rose* avec Jean-Pierre Pilot et Philippe Paradis et l'interprète pour le générique de fin du film *Jeux d'enfants* de Yann Samuell (2003).

auteuse-compositeuse

Écrit pour Pascal Obispo *Où est l'élue ?* (sur *Un jour comme aujourd'hui*, 1994), écrit *Eléa*, co-écrit *Le meilleur reste à venir*, et écrit et co-compose *Les meilleurs ennemis* (sur *Superflu*, 1996).
Écrit et compose pour Florent Pagny *Combien ça va ?* (sur *Savoir aimer*, 1997).
Écrit et compose pour Isabelle Boulay *L'amour dans l'âme* et *L'héroïne de cette histoire* (sur *États d'amour*, 1997).
Écrit pour Patricia Kaas *Je compte jusqu'à toi*, adaptation française de *Crime to be that cool* (sur *Dans ma chair*, 1997) et *J'attends de nous* (sur *Le Mot de passe*, 1999).
Écrit et compose pour Jane Birkin : *C'est comme ça* (sur *À la légère*, 1998).
Écrit pour Johnny Hallyday *Allumer le feu*, *C'est la vie qui veut ça*, *Plus près de vous* (sur l'album *Ce que je sais*, 1998), et *Le poids de mes maux* (sur *Sang pour sang*, 1999).
Écrit pour David Hallyday : *J'attends que ça morde* et *Ça n'est pas tout* (sur *Un paradis/un enfer*, 1999).
Écrit pour Calogero *Devant toi* (sur *Au milieu des autres*, 1999), écrit *Il bat* et co-écrit *Les hommes endormis* (sur *3*, 2004).
Écrit pour Axel Bauer *À ma place* et *Marché* (sur *Personne n'est parfait*, 2000).
Écrit et compose pour Vincent Baguian *Simple comme bonjour* (sur *Mes chants*, 2000).
Écrit *J'ai la aime* et *Peine capitale* pour Christophe Mae (2003, non commercialisé).
Co-écrit *Et après* pour Cox, (sur *Rien à perdre*, 2003).

œuvres caritatives

sol en si

1995 Écrit, compose et chante en duo *Dodo Rémi* avec Alain Chamfort.
1997 Tournée *Sol en Si* avec Cabrel, Jonasz, Lara, Le Forestier Maurane et Souchon + album live.
2000 Album *Sol En Si* : duos avec Alain Souchon et Faudel + 2 titres collectifs.
2003 Co-écrit avec Vincent Baguian et Jean-Marie Leau le projet *SOL EN CIRQUE*, et interprète une des chansons de l'album *Chapiteau 4**, dont elle signe la musique.

les restos du cœur

1997 Première participation.
2000 Tournée des Enfoirés, et participation à tous les concerts depuis lors.

ensemble contre le sida

1998 Ensemble : chante *Eucalyptus* en duo avec Etienne Daho, participation sur *Sa Raison d'être*.
2001 Noël Ensemble : chante *Douce Nuit* en duo avec Calogero Participation au titre collectif *Noël Ensemble*.

cinéma

1998 Participation au long-métrage de Didier Le Pêcheur *J'aimerais pas crever un dimanche*

publicité

1999 Photo de la campagne d'affichage d'*OCB*

vidéographie

1992 *Sucré salé*, réalisé par Pascal d'Hoeraene.
1993 *Je tue ils*, réalisé par Philippe Gautier, *Un petit amoureux*, réalisé par Philippe Gautier.
1995 *Larsen*, *Zen*, réalisés par Philippe André.
1996 *Un point c'est toi*, réalisé par Didier Le Pêcheur.
1997 *Homme sweet homme*, réalisé par Didier Le Pêcheur.
Les Meilleurs Ennemis (en duo avec Pascal Obispo), réalisé par Didier Le Pêcheur.
1998 *Tous des anges*, réalisé par Philippe André, *Ça fait mal et ça fait rien*, réalisé par Didier Le Pêcheur.
Tout le monde, réalisé par Jean-Baptiste Mondino.
1999 *Chanson d'ami*, réalisé par Didier Le Pêcheur, *Cyber* (live), réalisé par Gilbert Namiand.
2001 *À ma place* (en duo avec Axel Bauer), réalisé par Didier Le Pêcheur, *Rue de la Paix*, réalisé par Spe6men.
2002 *Adam & Yves*, réalisé par Mathieu Saliva, *Sur toi*, réalisé par Spe6men, *Danse avec les loops*, réalisé par Julien Trousselier.
2003 *La Vie en rose*, réalisé par Yann Samuell (chanson générique de fin du film *Jeux d'enfants* de Yann Samuell).
2004 *La Pluie et le beau temps*, *Doolididom*, *Excuse-moi*, *La Dolce Vita*, *Toc toc toc*, *Lola majeure* *Slow*, *Rodéo*, *J'arrive*, *Oui*, réalisés par Didier Le Pêcheur, extraits du DVD *Rodéo indien*.

Photogravure : Station graphique, Noisy-le-Grand
Fabrication : Sylvie Blanchette, fab@editionstextuel.com

Achevé d'imprimer en juillet 2005
sur les presses de Grafiche Milani, Milan
N° d'édition : 485
Dépôt légal : octobre 2005
Imprimé en Italie